我心安然是幸福

吴宣立 著

北京出版集团公司
北京出版社

图书在版编目（CIP）数据

我心安然是幸福 / 吴宣立著. — 北京：北京出版社，2019.9
ISBN 978-7-200-15070-4

Ⅰ. ①我… Ⅱ. ①吴… Ⅲ. ①故事—作品集—中国—当代 Ⅳ. ①I247.81

中国版本图书馆CIP数据核字（2019）第163090号

我心安然是幸福
WOXINANRAN SHI XINGFU
吴宣立 著

*

北京出版集团公司
北京出版社 出版
（北京北三环中路6号）
邮政编码：100120

网　　址：www.bph.com.cn
北京出版集团公司总发行
新华书店经销
三河市嘉科万达彩色印刷有限公司印刷

*

880毫米×1230毫米　32开本　6.5印张　191千字
2019年9月第1版　2019年9月第1次印刷
ISBN 978-7-200-15070-4
定价：49.00元
如有印装质量问题，由本社负责调换
质量监督电话：010-58572393

目 录

初到澳大利亚

一只古灵精怪的袋貂在深夜入侵，把奥巴马的家具啃得吱吱作响，那只小可爱边啃边说："让你给房东添麻烦，看你以后还敢不敢！"

奇葩租客奥巴马 / 2
我们都是一家人 / 15
我是"老外" / 26
把家建在墨尔本 / 42

生活在别处

亲亲我的宝贝 / 64
吴师傅方便面 / 80
令人惊叹的澳大利亚夫妇 / 84
水管工的幸福 / 93

澳大利亚的生育福利非常齐全，涵盖了生儿育儿的各个阶段，父母们养儿育女不需要有太大的担忧。申请表里的福利五花八门，有家庭税收减免福利、父母补贴、带薪产假、新生婴儿补贴等，让人真切切地感受到政府对孩子的爱护和关心。

 情迷墨尔本

在澳大利亚当地男士的眼中，中国女孩是最漂亮的。很多澳大利亚本土男士认为娶个中国女孩作为妻子是件非常幸福的事。

网红女郎的中国梦 / 110

墨尔本——女性的天堂 / 121

留守男人 / 132

我从船上来 / 146

 幸福在当下

费奇的澳大利亚梦 / 160

热情善良的墨尔本人 / 176

起跑线 / 181

我心安然是幸福 / 189

真正的幸福是脱离了物质追求的一种心灵感受，幸福不受地位、权势、财富的约束，是人生路上大智慧的一种体现。无论身在何处，乐观、自信之人，自然会把人生活成一场喜剧。

初到澳大利亚

一只古灵精怪的袋貂在深夜入侵,把奥巴马的家具咬得吱吱作响,那只小可爱边咬边说:"让你给房东添麻烦,看你以后还敢不敢!"

奇葩租客奥巴马

澳大利亚墨尔本连续多年被评为全球最宜居城市之一，这里气候宜人、阳光明媚、蓝天白云，整座城市郁郁葱葱，如同森林公园。墨尔本有"澳大利亚文化之都"的美誉，是南半球久负盛名的文化名城。整座城市无论是自然环境还是人文环境都非常优美，十分宜居。

在墨尔本生活的华人在经济条件允许的情况下喜欢置办房产。在同胞们看来，有了房子才有家的感觉，才有安全感。澳大利亚当地人从小接受的教育不同，价值观不同，他们对房子不会像华人那样着迷。他们坚信"人生不仅仅只有苟且，还有诗和远方"，信奉及时享乐、活在当下的原则，绝不会委屈自己，不会为了买房而节衣缩食，他们把享受生活视为第一要素。他们没有攒钱的习惯，也不愿意成为房奴。华人则坚信"人生不仅有诗和远方，还有眼前的苟且"，以至于在澳大利亚，房客是金发碧眼的当地人而房东是华人，已经是司空见惯的了。

对于澳大利亚当地人懒散的生活态度，就连当地政府也着急了，在媒体上频频发声："赶快置备房产吧，要不然房子全被华人买了去，房东全成华人了，到时候他们随意涨房租我们可管不了。"当地政府还出台了极优惠的买房鼓励政策：对于首次置业，国家给予1万澳元补助（不同的州补助情况不一样）。尽管如此，澳大利亚当地人还是愿意租房子。

由于中澳文化差异巨大，思维方式截然不同，我们的租客在我看来简直就是个奇葩，不过在他看来我可能也是个奇葩。当奇葩房东遇到奇葩租客，那奇葩故事便"粉墨登场"了。

▲ 墨尔本阳光明媚,蓝天白云,令人心情愉悦

原租客搬走的当天我们便急不可待地委托房产中介赶快把房子租出去,在"财迷"的我看来闲置一天都是一种罪过,一天没出租出去就损失一天的钱,那感觉简直心如刀割。

一周过去了,房产中介那边静悄悄的,不见任何动静,倒是我担心他们懒散的工作态度把我的事情给忘记了,给他们打了两次电话。第八天,手机铃响,定睛一看,来电显示"房产中介特蕾西",我顿时心花怒放。

"吴大利亚先生,告诉你一个好消息。"电话里传来特蕾西兴奋的声音,她兴奋起来简直像只小鸟。

"房子租出去了?"我急切地问道。

"是的,有个叫奥巴马的先生要租,这两天就可以签合同。"

"特蕾西小姐,你太逗了吧?奥巴马怎么可能来租我的房子呢?"我立刻意识到她在开玩笑,没了一点兴奋感。

"奥巴马怎么就不可能租你的房子呢?我真是糊涂了。"

"美国前总统奥巴马怎么可能租我的房子呢?"我强调了一下。

"哈哈哈,吴大利亚先生,你太幽默了,此奥巴马先生是墨尔本当地人,而非美国前总统奥巴马,哈哈哈……"特蕾西的笑声简直要炸了电话。

▼ 各家各户的房子都藏在花丛中

我的脸上立刻写上"尴尬"两个大字，幸好只是跟特蕾西通电话，她看不到我的表情。好吧，谁让我孤陋寡闻，仅仅知道美国前总统叫奥巴马，而意识不到叫这个名字的澳大利亚人有可能满大街都是呢。

在澳大利亚出租房屋，一切手续由房产中介办好，房东和租客无须见面，但阴差阳错，我还是见到了奥巴马。

那天打完网球，路过那套房子便打算去房子里取点东西，结果那天房产中介和奥巴马在房子里谈交接，我们就这样遇到了。

我打量了奥巴马先生一眼，感觉十分面熟，他身高足有1.85米，高高大大、斯斯文文、西装革履、气宇轩昂，绝对算得上是lady killer（让女人一见倾心的帅哥），简直就是我中国朋友聂川的英文版。如果是在北京，我准会猜他是做金融工作的，但在澳大利亚，大小公司的职员都西装革履、文质彬彬的，让你无法猜到职业。我便决定跟他聊聊天。

"欢迎你们一家人住在这里，你们肯定会在这里度过一段十分美妙的时光。看这个后花园，五彩缤纷的各色鲜花，披着墨尔本明媚的阳光，这真是满园春色惹人醉，就差鸳鸯成双蝶双飞了……快快入住吧！你和家人肯定会过得十分浪漫的！"我兴高采烈地跟奥巴马自卖自夸，还补充说这套房子风水极好，以前的租客买彩票发了大财云云。

"哦，是吗？看来我运气真好，我也希望住了你的房子就能发大财。不过，就我一个人住。我是单身，还没有家人。"奥巴马笑呵呵地回答道。

这让我惊讶不已，虽然这套房子总面积不大，但加上楼上的小阁楼也算是四居了，一个人租四居的房子太浪费了吧？

他仿佛看到了我脸上的惊讶，补充道："我家具比较多，四个房间正好够用，一个房间是主卧，一个房间当娱乐房，一个小房间当书房，我比较喜欢看书，另外一个小房间放行李物品。"

好吧，你们澳大利亚人真是天生会享受生活……

我愈发对他好奇起来，便继续话题："能否问一下您是做哪方面工作的？"

"金融。"奥巴马继续微笑着。

一听到他从事金融工作，我立刻来了兴趣。中国与澳大利亚的金融市场不同，我非常热衷于了解澳大利亚的资本市场，便打算跟奥巴马先生好好聊聊，如果话题投机，我对房租打折也是很有可能的。

"是投资还是投行方面？"我追问道。

"基金公司里的投资工作。"

听到此处，我心中一阵窃喜。这个窃喜包括两层含义，澳大利亚的法律是保护弱者的，租客是弱势群体，房东是强势群体。如果租客申请破产或者失业无力支付房租，房东便不能随意赶走租客，只能起诉，折腾下来少则三个月多则一年就过去了，平均下来也需要半年时间，这样会给房东造成很大的麻烦和损失。朋友林昭把房子出租给一个当地白领，结果那个租客中途失业破产，无力支付房租，硬是赖在房子里六个月后才搬走，害得他去民事法庭投诉，白白损失了六个月的房租。所以在澳大利亚一些地方租房，比较谨慎的房东都会委托房产经纪人审核租客的信用记录和收入证明。虽然墨尔本没那么夸张，但挑选到一个有经济保障的租客还是会省事儿很多。窃喜的另外一层含义是这样的，来澳大利亚前，国内的一位有房、有车、有北京户口的远房表姐对我千叮咛万嘱咐，"别光顾着自己享受生活啊，一定要时时刻刻帮我留意合适人选，快快拯救姐于水深火热之中，姐未来的幸福生活全靠弟弟你了……"

我曾成功地介绍了几对朋友喜结连理，以至于远房表姐把我当成了救星。实际上给那些大龄单身男女们介绍对象相当麻烦，问他们想找个什么条件的对象，标准是怎样的，他们总是说得含含糊糊，并说没啥标准，实际上他们早已在内心深处设置了无数条条框框。他们总爱说自己一点儿也不挑剔，其实并不是真的不挑剔，只不过经过多次备受打击的相亲挫折和无疾而终的恋爱经历后，他们已经学会了低调地挑剔。所以，后来我就不再瞎给别人介绍对象了，太麻烦！

据一家婚恋网站统计，北京30～35岁的单身男女是女多男少，竞争十分激烈，以至于那家婚恋网站的VIP线下服务只向女会员收费，而优质男会员可以享受免费服务。这世道……

鉴于残酷现实，表姐在经历了N次相亲之后，把目光投向了远在南半球的澳大利亚。

我说澳大利亚婚龄男子大多没有房子，都是婚后跟老婆一起奋斗买房的，表姐全然不在乎，说倒贴房子也愿意下嫁。我也是无语了！女孩子的想法说变就变、高深莫测，男人们永远不懂……

我顿时感觉责任重大，逢人便"推销"她。给别人介绍对象，一定要负起责任来，先做好"尽职调查"，不了解对方的人品、性格特点和兴趣爱好是肯定不会乱介绍的。于是我打算从奥巴马先生那里获得更多信息，但直接问对方的收入情况会比较无礼，于是我只好"曲线救国"。

"从事金融工作收入应该相当不错的，为什么不买房呢？你一个人租这样的房子是不是有点浪费？"我弱弱地问道。在中国稀松平常的问题放在澳大利亚很有可能就成了很奇葩的问题。

"都是结婚成家立业后才买房的啊，房子是整个家庭成员一起来居住的。买什么样的房子、买在哪里，都是夫妻双方共同商定的，所以我婚前是不会买房的。"奥巴马心里准在想，我买不买房关你什么事儿啊？

"但一直租房不利于攒钱买房的，这套房子的房租是你每周收入的十分之一吧？"我试探性地问道。在澳大利亚，发工资、收房租都以一周为计算单位。

"不不不，现在的房租很贵的，实话实说，房租相当于我一周工资的39%。"奥巴马笑着说。

听完，我大脑飞速旋转，立刻计算出了奥巴马先生的年薪，对于他这种拿出39%的收入租房子的做法估计大多数人接受不了。我的三观再次被刷新，澳大利亚人及时享乐的做派再次把我震倒。

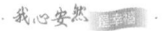

多年前，我跟澳大利亚朋友凯尔合租过房子，对澳大利亚人的印象棒极了，所以对奥巴马先生，我是十分放心的，于是我便开始幻想着找了个好租客的种种好事儿。然而自从把钥匙交给他后，接连不断的奇葩事件让我真真切切地给他打上了"龟毛男"的烙印。

奥巴马在正式入住的前一天便委托房产中介给我发来邮件——澳大利亚人非常热衷于用邮件沟通，不太喜欢直接打电话，担心会打扰到对方——问我是否可以把放在二楼的两个床垫抬走。在澳大利亚出租房屋，都是租空房子，房东需要事先把所有家具搬走，所以我只好把所有家具家电拆了，分成N多份，一份放在张三家的车库里，另一份放在李四家的地下室里，可想而知，墨尔本的朋友家里基本上都有我家的零零碎碎，当然了我家里同样也寄存了很多朋友家的零零碎碎。那两个垫子算是庞然大物，无处可放，本来放在二楼可以方便奥巴马来了客人临时使用，结果他说需要全部搬走，而且当天就得搬不能影响他第二天入住。

澳大利亚人力成本奇高，在对比完搬运人工成本与床垫的残余价值，同时又考虑到奥巴马十分较真丝毫没有商量的余地，我只好跟他说，那两个垫子不要了，你随便处置吧。没想到他说我的回复邮件就是证据，两个垫子将来损坏了，他没有任何责任。老天！至于如此较真吗？

一波刚平一波又起，奥巴马刚入住两天，又给我发来邮件，询问我是否可以出资买涂料，他可以自己动手把我家的墙壁粉刷成蓝色的，理由是他是做金融的，从华尔街到悉尼证券交易所都是蓝色背景，蓝色是他的职业颜色，能给他带来好运。我心想，你可真够奇葩的了！于是就直接拒绝了他。没几天他又发来邮件，询问我是否可以出钱换把钥匙，把通向后花园的木质台阶换成新的，把车库封起来……

看到他的邮件就让人来气。我把房子重新装修成金碧辉煌的七星级酒店你再入住吧？想什么呢！不过我一向十分谨慎，在拒绝他之前，我咨询了几个澳大利亚当地朋友、房产中介以及华人朋友，问奥巴马提的这几项是否真的应该由房

东负责,千万别因为文化差异而造成误会。大家一致说这几项房东是完全没有责任和义务出钱的。

于是,我没好气地给奥巴马回复:你付的租金对应的就是这个标准的房子,而且这个房子本来就是九成新房,装修标准已经非常好了,所以我不会再出任何费用给你重新装修一遍!心里暗暗骂他是个龟毛男!

从那以后,奥巴马在邮件中直接把我唤作"亲爱的葛朗台房东",我回复邮件时则将其唤作"亲爱的龟毛男租客"。

对于奥巴马一个人租住房子我一直心存疑惑,他会不会做了二房东?于是,我用一盘五彩缤纷的饺子作为糖衣炮弹换来了邻居罗杰的免费"间谍服务",让他帮忙留意一下有多少人出入这套房子。

糖衣炮弹对澳大利亚人也十分适用,罗杰发来邮件称奥巴马先生的确是一个人居住,偶尔会带个女孩儿来过夜,但应该是他女朋友,碰到几次都是同一个女孩儿。节假日他那些"狐朋狗友"会过来参加聚会活动,但他们把音乐声开得有点大,让邻居很反感。

一切都很正常!我只得承认,澳大利亚人很会享受生活,自己太少见多怪了。而且我意识到用中国人的思维方式推测澳大利亚人会出现问题。

实际上我这种担忧是多余的,澳大利亚的房产中介非常规范,服务也很到位,每隔一段时间,中介会给房东发一封邮件,详细汇报房子的使用情况。在澳大利亚出租或者买卖房子,中介费都是由房东来支付,澳大利亚在这方面做得比较规范,该由谁出的费用和税费谁就来出,不会全部转嫁给租房或者买房的一方。

半年后特蕾西去房子里做常规检查,给我们发来了汇报邮件,并附上照片。奥巴马先生自己花钱买涂料把房子全部刷了一遍,把木质台阶也换成了新的,还把车库密封了起来,全然像对待自己的房子一样。他把另外一个房间做成了家庭影院室,一个人像只快乐的袋貂一样在里边住得既幸福又开心。我再次为澳大利亚人的生活方式感叹不已！

在奥巴马住了一个月后，房产中介发来邮件说水费单来了，但由于账单名称写的是我老婆塞布瑞娜的名字，奥巴马拒绝付水费。什么人啊！明明是他自己消费的自来水，仅仅因为名称没更改过来就赖账？我埋怨中介工作太马虎，当初为何不把工作做细致了，还好意思收我们的中介费！

之后风平浪静了两个月，有一天突然又收到中介的邮件，说是一只袋貂跑进屋来，奥巴马喊了动物保护协会的人过来驱赶袋貂，花了几百澳元，需要我来支付这笔费用。

老天！驱赶袋貂也要花钱啊？你难道不会把门开着，轰它出去？简直太矫情了！奥巴马振振有词地说袋貂是保护动物，伤害它一根毛都是要负法律责任的。我调侃他说袋貂那么伶俐可爱，你应该拿个笼子把它请进去然后当宠物养起来，陪伴你多好啊！

澳大利亚政府对动物的保护到了过分的程度，颁布了非常严格的法律保护各类动物。袋貂是受到法律严格保护的野生动物之一，任何人不得猎杀，没有执照的捕捉也是不允许的。另外，就算你有执照，捕捉到它们后也不允许放在离家50米范围外的地方，因为袋貂有很强的领地意识，离开自己领地的袋貂极易被同类殴打致死。

正因为有这种奇葩法律的保护，袋貂被纵容得经常入侵人类领地，飞檐走壁、上房揭瓦，成了当地一道"亮丽风景"。

每天晚上，袋貂们像飞贼一般，从容不迫地蹿上各家各户的房顶，看哪家的房顶不满意，就又咬又啃，房顶下的住户被吓得瑟瑟发抖而不敢贸然采取任何行动，任由袋貂们在房顶开派对搞狂欢，载歌载舞，屋内的瓶瓶罐罐则被震得蹦蹦跳跳地从桌子上跌落到地上，一片狼藉。之后袋貂们得意扬扬、大摇大摆地扬长而去，留下住户擦着冷汗并大口大口地喘着粗气。在澳大利亚，人类是不可以欺负动物的，只允许动物欺负人类！

在澳大利亚野生动植物保护网站上赫然写着如何对付袋貂，政府给出如下极具"建设性、指导性"的建议。

"想要驱赶你家房顶的袋貂，可以先准备一个盒子放在家门前的树上，你只需要劝说袋貂从你家屋顶搬到这个盒子里就可以了。这样做的好处是你的房子可以避免遭到其他袋貂的骚扰，由于你家已经住着袋貂了，其他袋貂就不会再来光顾，因为袋貂有领地意识。"

我的天啊，这个建议简直是太天才了！把宋丹丹的"把大象装进冰箱分三步"的小品诠释得淋漓尽致，不得不佩服澳大利亚人的幽默感！

第一步，游说袋貂从你家房顶下来；第二步，让袋貂进入你准备好的盒子里；第三步，关上盒子并挂在树上。轻轻松松地问题就解决了！但是，怎样游说袋貂从房顶下来搬进你家院子里的树上的盒子里居住，就得自己想办法了。

袋貂在地球上已生活了七千万年，还在电影《冰河世纪》里"扮演"过角色，形象甚是呆萌、可爱。袋貂有两大生存法宝——"急刹车"和"装死"，这帮助它繁衍生息了几千万年得以生存下来。袋貂在奔跑时非常擅长急刹车，一秒钟就能从风驰电掣切换到纹丝不动，这一招往往会令捕食者由于惯性摔个嘴啃泥。栽了跟头的捕食者一时搞不清楚袋貂葫芦里卖的是什么药，怎么疯狂逃命时就突然停了？难道是知道逃不掉了索性投降？就在出神发愣时，袋貂却突然加速，用尽全力，像一发炮弹一样发射出去。等捕食者回过神来，袋貂早已逃之夭夭。

袋貂的另一项看家本领就是装死，这可不是什么不光彩的事情，恰恰相反，这是一种非同寻常的生存能力。袋貂如果使出狂窜、急刹车后再逃跑等招数还是无法摆脱捕食者时，就会拿出看家本领——装死。只见上一秒还活蹦乱跳的袋貂，此刻一头跌在地上，仰面朝天、眼睛紧闭、嘴巴大张、呼吸困难。它吐着舌头，灵活的尾巴疲软地耷拉在上下颌之间，身体猛烈地抽动着，口吐白沫，看上去很像癫痫发作的人，还做出一副不小心吃了老鼠药的痛苦表情来迷惑捕食

▲ 古灵精怪的袋貂

者。袋貂把装死演得惟妙惟肖，一般的捕食者遇到此种情况，会坚信贪吃的袋貂是不小心吃了老鼠药而死去的，或是被自己的凶猛形象给吓死的，便没了吃不新鲜猎物的雅兴。

袋貂这种雕虫小技仅仅能迷惑到一般的捕食者，如果遭遇非常老到的捕食者，袋貂还有更厉害的绝招。那就是在装死的同时从肛门中喷出一股恶臭液体，使捕食者坚信那是腐肉的味道，唯恐避之不及，完全没了胃口。如果捕食者还不死心，伸出前爪，在袋貂身上拨弄几把，看它是否真的已一命归西，袋貂便使出奥斯卡影帝级的演技，软绵绵的身体会随着捕食者的爪子左右晃动，捕食者只好悻悻而去。

可以想象那天晚上的情形。一只古灵精怪的袋貂在深夜入侵，把奥巴马的家具咬得吱吱作响，把他那心爱的家庭影院的数据线也给咬断了。那只小可爱边

咬边说:"让你给房东添麻烦,看你以后还敢不敢!"

于是奥巴马抄起扫帚,对袋貂穷追不舍,袋貂一个急刹车,奥巴马刹不住车,一头撞在门上。挂了彩的奥巴马恼羞成怒,对袋貂又拍又打,突然袋貂口吐白沫,在地上打了个滚,痛苦地"死去",奥巴马吓得脸色苍白——自己犯下了滔天大罪,面临着高额罚款和几年的监禁。当奥巴马正在追悔莫及时,突然袋貂一跃而起逃之夭夭。伶俐矫健的袋貂爬上房顶继续捣乱,奥巴马不得安宁,只好给动物保护协会打电话,请来专业捕捉人士抓走了袋貂,随之而来的还有一张让人由于心疼不已而转为恨得咬牙切齿的几百澳元账单。

当然了,上面那段是我想象出来安慰自己的,矫情的奥巴马才不会浪费体力去驱赶袋貂,更不会为房东的钱包着想,他一看到袋貂挑衅,直接打了动物保护协会的电话。

这个租客状况频发,还没消停两个月,又发来邮件,说是他在屋里时脚趾被蜘蛛咬了,需要房东付费请除虫公司来除虫。这回吓了我一跳,赶快询问该不会是有毒的"黑寡妇"吧?中介特蕾西又哈哈大笑,说澳大利亚没有"黑寡妇",比较厉害的是漏斗网蜘蛛、狼蛛或红背蛛,幸好租客只是被很普通的蜘蛛轻轻地"亲吻"了一下,不必大惊小怪。

澳大利亚是个动物泛滥的国家,各种小动物争相往室内爬。早晨起床,双脚刚一落地,脚趾很有可能就被什么小动物歇斯底里地"亲吻"着;掀开马桶盖,突然发现有条蛇正在酣睡。在澳大利亚生活有时候让人心惊胆战,你得时不时准备揍个袋鼠、赶个毒蛇、灭个蜘蛛什么的……然而当你打开后院的大门,发现一只呆萌可爱的考拉正骑在树上津津有味地吃着树叶,仿佛微笑着对你说"早安",心情又会立刻大好。

春去秋来,花开花落,转眼间一年过去,合同到期了,我们撵走了那个奇葩租客,收回房子的当天,我们的邻居,一位意大利老太太迫不及待地来串门,跟我们投诉奥巴马的种种影响邻居的烦人事儿。老太太足足说了几十分钟,由此

▲ 可爱呆萌的考拉！妈妈你看，那是什么东西？

可见她对奥巴马反感到了什么程度。

　　大部分澳大利亚人整体素质还是挺好的。一天，有个邻居带着自己的小女儿，小女儿怀里抱着自己家的小狗狗。他们跟附近的邻居们一家一家提前打招呼说"对不起"，因为他家新养了这只小狗，由于它刚刚离开妈妈，可能晚上会叫个不停影响到邻居。这样一来，大家晚上听到狗叫声也就不会抱怨什么了。

　　后来我们又从宜家买来新潮的家具把房子装点得十分温馨，租给了几个中国留学生。

　　这就是澳大利亚，非常有趣的国度，天天上演着人与人、人与动物的搞笑趣事，这样的生活怎么会无聊呢？

我们都是一家人

澳大利亚是个法律制度非常严谨的国家，有着各种社会行为规范，法律所涉及面之广之细，简直让人瞠目结舌，稍不留意就有可能犯下"滔天大罪"。我这人心细如发、循规蹈矩，尽管如此还是差点收到一张罚单。

仰望墨尔本湛蓝的天空，晶莹剔透，白云朵朵。远眺维多利亚港湾，风光

▼ 非常适合跑步的地方

旖旎迷人。放眼全城，郁郁葱葱。漫步大街小巷，洁净整齐。社区红房绿树，奇花异草争相斗艳。表面上看到的这一切，在背后都有严格的法律在支撑着。

我们所住的社区，家家户户的小房子被各色绿植环绕，如同森林里的朵朵小蘑菇。墨尔本的大型公园有140多个，绿地面积占总面积的40%以上。墨尔本每家每户都是花园之家，由于澳大利亚生活非常悠闲，以至于大家对生活品质的追求达到极致，对房前屋后的花园精雕细琢，各家花园里奇花异草开得姹紫嫣红。

我们也入乡随俗，在后花园的规划上绝对不甘示弱，还要独具匠心。后花园的左侧种满了五颜六色的玫瑰和其他花花草草，右侧辟出一小块地专门种植西红柿、韭菜、茄子等有机蔬菜，各种彩蝶在院子里飞舞，成了活脱脱一个中澳混合生态植物园。

岳母对后花园十分上心，投入了大量精力和汗水，家里餐桌上的青菜基本上都来自于那里。以前在北京居住时，家里也种满了各种绿植，但她对小区里的土壤十分嫌弃，觉得那些劣质土没有任何营养，硬是跑回老家泰山脚下搞到几袋子十分肥沃的营养土，以至于我家的玫瑰养得又肥又大，天天都是情人节，当真正的情人节到来时就直接采摘几朵送给老婆塞布瑞娜，又省钱又实惠。

墨尔本超级棒的自然环境总使人情不自禁地想亲近大自然。墨尔本是个很容易促进夫妻感情的地方，每天早上我和塞布瑞娜还有岳母全家出动在社区里遛弯，傍晚再遛一次。我和塞布瑞娜手牵着手，情不自禁地就回到当初恋爱的状态了。社区里金发碧眼的澳大利亚邻居们热衷于跑步，碰面时他们会非常热情友好地跟你打招呼说"hello"（你好），这里拥有如此美好的人与自然高度和谐的人居环境……

很显然，岳母对墨尔本家中后花园的土质也不太满意，总嫌结出的西红柿不够肥硕，韭菜过于苗条，于是琢磨着去哪里搞到一些肥沃的营养土。

社区的旁边是三个大森林公园，周六日上午我们喜欢去那里散步。森林公园里古木参天，各种奇花异草开得如锦似画，还能偶遇古灵精怪的袋貂或者呆萌

可爱的考拉,感觉棒极了。

那是一个周六的上午,我们一家去森林公园散步。漫步林间,各种各样数不清的花儿竞相开放,红的、紫的、蓝的、黄的,如繁星闪烁,让林中大地闪耀出五彩缤纷的活力。明媚的阳光像一缕缕金色细沙,穿过重重叠叠的枝叶懒洋洋地泼洒下来,斑驳地披盖在花儿身上。在飘香的丛林中,我们贪婪地吮吸着花草的芳香,享受着阳光。我们陶醉在这如痴如醉的梦幻里,分不清这是世外桃源还是现实。

突然我们发现一个施工点正在搞基建,挖了很多新土出来,在墨尔本几乎看不到没有绿草覆盖的土地,除非在施工。由于那天是周六,工人们都在过周

▼ 家家门前屋后都是鲜花盛开

末,所以施工场地就那样暴露着。裸露的土壤看起来十分肥沃,施工场地旁边的花儿开得十分娇艳,我们两眼放光,这不就是我们要找的沃土吗?

如果是在国内,随便铲点土带走是稀松平常的事情。我们三人交流了一下眼神,很快达成一致,回家抄家伙,挖点土带回去。不一会儿工夫,我们扛着铁锹、拿着塑料袋又出现在施工场地。我撅着屁股挖土,塞布瑞娜和岳母则负责给土打包。

我正挖得十分投入时,突然一双大脚出现在我的余光范围内,在这种"人迹罕至"的环境下突然出现一双脚绝对会让人不寒而栗。

我抬起头来,只见面前是一位金发碧眼的澳大利亚男士,大约有40岁,身材十分健硕,双臂交叉像两条缠绕的蛇一般盘在胸前,面无表情。那是一张老腊肉脸,如同澳大利亚内陆荒凉的戈壁滩一般坑坑洼洼。

"吓死人了!"我对着那张老腊肉脸大叫了一声,算是对他突然吓到我们的回敬。很明显地,"老腊肉"被我这一声大吼吓了一跳。

"打劫啊!"我余怒未消,又吼了一声。

"土是不能被乱挖带走的。""老腊肉"看着我们打包好的塑料袋很严肃地说道。

"你三观有点问题吧?"我问道。

"什么三观有问题?我有正义感、责任感,怎么会有问题呢?""老腊肉"认真地答道。

"哈哈哈,'三关'就是关你什么事、关他什么事、关我什么事。"我笑着跟"老腊肉"开玩笑。

不知何故,跟澳大利亚当地人打交道,我总是情不自禁地想跟他们开玩笑。

"当然关我的事儿了,我是社区森林守护志愿者,义务守护这片森林,森林里的一草一木、一花一果还有土壤等所有东西都不能带走,你们这种行为应该被罚款800澳元。""老腊肉"斩钉截铁地说。

▲ 家门口的"诗和远方",整个居民社区到处都是五彩缤纷的鲜花

听完他的话，我立刻头晕目眩，头顶仿佛有无数只金色小蜜蜂载歌载舞。那可是4000元人民币啊！我打了个趔趄差点摔倒，多亏塞布瑞娜扶了我一把才站稳。

"不不不……"我急切地一连说了六个"不"字，同时把食指在"老腊肉"眼前左右摇摆得跟个钟摆一样。

"你说罚款就罚款啊？你有证件吗？"我问"老腊肉"。

"老腊肉"掏出他的证件，我接过来一看，上面的确写着"社区森林守护志愿者"的字样。

我赶紧跟塞布瑞娜商量对策。我说会不会是假的？塞布瑞娜说澳大利亚哪有假证件！

我赶忙赔笑，脸笑成了一朵绽放的牡丹："原来咱们是一家人，就更不能罚款了。"

"一家人？怎么会是一家人呢？""老腊肉"丈二和尚摸不着头脑。

我进而解释道："你看，你是志愿者，我十几年前在拉丁美洲也做过将近三年的志愿者呢，我是汉语教师志愿者，教授汉语，传播中国文化。志愿者的本质和信念都是一样的，付出和奉献，所以天下志愿者都是一家人，不分国籍和民族。"我笑呵呵地胡搅蛮缠，牵强附会地跟"老腊肉"拉关系。

"哈哈哈……""老腊肉"仰望湛蓝的天空哈哈大笑，脸上的横肉也立马跟着跳起舞来，嘴角两旁的法令纹跟两个括号一样。

"原来你在拉丁美洲待过啊，我正想去那里旅行，去看玛雅文化、美洲金字塔、失落的印加古城马丘比丘和纳斯卡线条，现在正在学习西班牙语呢。""老腊肉"打开了话匣子。看来我找对了他的兴趣点，拍马屁拍对了地方。

"太棒了！拉丁美洲多姿多彩，太值得去旅行了，我当年在南美一共工作生活过六年，那段经历很奇妙很值得回忆，我即将出版《奔放在地球的反面》和《我在南美边教汉语边旅行》这两本书，你刚才提到的想去看的奇观这两本书中都有详细描写。我当时在那里做过三年的汉语教师志愿者，一边教汉语一边旅行,你到时候也可以在南美洲做志愿者教英语,可以一边教英语一边学习西班牙语一边旅行。"我兴高采烈地说道,感觉快不用交罚款了。

"是吗?你的书是用英语写的吗?在哪里可以看到?""老腊肉"问道。

"用中文写的,快要出版了,不过我已经翻译成英文了,可以发给你看。"我说道。

"太棒了,看来我也可以在南美一边教英语一边学习西班牙语一边旅行了。""老腊肉"笑呵呵的。

"对啊,到时候你再把这段美妙的经历写成回忆录,名字就叫《我在南美边教英语边旅行》,肯定会大火!"我继续拍着"老腊肉"的马屁。

哈哈哈,我们都大笑起来……

"如果你愿意,我可以免费教你西班牙语。"我趁热打铁十分慷慨、大言不惭地说,全然不顾我那早已"锈迹斑斑"的西班牙语了。

就这样,我用阿谀奉承、攀近关系、投其所好等手段,让"老腊肉"心甘情愿地把那张罚单十分自然地重新放回他的口袋中。

澳大利亚人跟中国人没啥差别,都爱听"甜言蜜语"。有时候在五分钟之内能跟陌生人变成朋友也是一项重要技能。

那位守护社区森林的志愿者叫迪克,我们交换了联系方式,原来我们同住一个社区,离得不远,他邀请我们下周末去他家喝咖啡,说他家后花园的土壤十分肥沃,而且还有很多花的种子可以送给我们。本来以为他不过是客套一番,但第二个周末他真的打来电话,很认真地跟我们确定时间。后来我就和塞布瑞娜如约去他家喝咖啡。我们对他那修整得如同生态植物园一般的后花园赞叹不已,澳大利亚男人在整理房前屋后的草坪和绿植红花方面非常有一手。临走时迪克还送给我们很多奇花异草的种子和肥沃的土壤。

迪克平时周一到周五在公司里上班,周六日和节假日做志愿者。他之前做过的志愿者种类非常多,大到竞选州长、市长的志愿活动,小到陪孤寡老人聊

天。我们很好奇地问迪克为何如此热衷于做志愿者。

"帮助别人是件非常快乐的事!"迪克回答道。是啊,快乐是件很简单的事,单纯地帮助别人就能让人很快乐,迪克是个简单、快乐的人。

志愿者的生活,如果你没有经历过就不会知道其中的艰辛。那种艰辛,你没有体会过就不知道其中的快乐。那种快乐,你没有拥有过就不知道其中的纯粹。

澳大利亚人非常热衷于做志愿者,每年大约有600万人在社会各个领域做志愿者,而澳大利亚总人口仅约2500万。据统计,在澳大利亚最受尊重的人的调查中,志愿者排名第二,非常受人尊重。澳大利亚当地报纸也曾做过调查,最受人尊重的是家庭成员,占75%,第二受尊重的就是志愿者,占60%。

澳大利亚人做志愿者的热情无比高涨。十几年前我在南美洲做志愿者期间在亚马孙森林旅行时遇到一位会讲中文的澳大利亚医学博士,他曾在中国留学多年,毕业之后工作了几年到亚马孙森林做志愿者,为当地的印第安人治疗疾病。这是截至目前我遇到的最无敌的志愿者!

我们常常无法做伟大的事,但我们可以用伟大的爱去做些有意义的事情。

有个周末,我们正在家里休息,一对青年男女来敲门,一开始出于安全考虑我仅仅开了内门,隔着外面的栅栏跟他们交流。那位年轻女孩儿曾在北京学习过一段时间,会说一些简单的中文。中文在澳大利亚是第二大语言,会讲中文已经成为一种时尚。原来他俩是附近教堂的志愿者,利用业余时间走街串巷,看看有没有宅在家里无聊透顶或得了抑郁症需要帮助的人,他们会帮助这些人重拾快乐,陪他们聊天,邀请他们参与到教堂的各种活动中。

澳大利亚人之所以非常热衷于做志愿者,是因为他们不以金钱作为人生的奋斗目标,也不以金钱作为一个人成功与否的考量。他们比较在意通过做一些有意义的事情,成为对别人有帮助的人以赢得社会的尊重,实现自我价值。

以前做汉语教师志愿者时居然有一些同胞问我做志愿者一年能挣多少钱,拜托,这是做志愿者啊!跟挣钱能扯上什么关系啊?我真的很鄙视那种做什么事

情都以挣钱多少来衡量的人!

世间最美好的爱,就像一缕阳光,它纯粹而轻盈,却从不索取。

通过跟迪克的交流并查阅资料,我们发现澳大利亚在环保方面的各项法律制度非常严格,稍不留意就有可能"倾家荡产"。

澳大利亚政府相继颁布了《环境保护法》《臭氧层保护法》《全国环境保护委员会法》《国家公园和野生生物保护法》等50多部环保法律法规。澳大利亚的环保教育贯穿于幼儿园、学校、家庭及公民教育全过程,不同年龄段的公民可从多种渠道、多个层次受到良好的环境教育。节能环保的意识自然深入到了每个澳大利亚人的内心!

以扔垃圾为例,澳大利亚政府对于垃圾分类有非常详尽、完善的规定。最近,澳大利亚政府又颁布了爆炸性法规,那就是乱扔垃圾可罚款高达100万澳元!是的,相当于500万元人民币!如果你随手乱扔垃圾,那么分分钟你的一套房子就没了,真是骇人听闻!

所以,澳大利亚的垃圾桶都是分成红、黄、蓝三个不同的颜色,平时要对垃圾进行分类,干垃圾、湿垃圾、可回收、不可回收,厨余垃圾还是其他生活垃圾等非常详细。每周在规定的时间,我们把三个垃圾桶放在门前规定的位置。垃圾回收人员会开着卡车到家门前,从卡车上伸出一只机器手臂,自动回收垃圾,然后运往垃圾回收厂,分类、处理、变废为宝。高层公寓的内置垃圾管道也都进行了分类,旁边都会附上详细的图解。在澳大利亚,各家各户门前都有三个不同颜色的垃圾桶,走在各个城市的大街小巷,处处都有不同颜色的垃圾桶。

扔垃圾在澳大利亚绝对不是什么小事,千万不要抱侥幸心理。因为澳大利亚政府在全城投放了3.5万个装有高科技设备的智能垃圾桶,看起来跟普通垃圾桶没有任何差别。但是这种智能垃圾桶在底部有一个小小的发射器,可以利用无线射频识别技术来记录居民们扔垃圾的情况。每个垃圾桶都有一个独一无二的编码,可以轻而易举地追踪到垃圾桶的位置。

▲ 人与自然的高度和谐

▼ 人与动物和谐相处

环保部部长加布里埃尔·厄普顿表示,澳大利亚正在尽最大努力,杜绝一切非法的、对环境造成伤害的行为,将实施"零容忍"的政策。一旦被抓住在旅游区等自然区域非法倒垃圾,公司法人将面临最高100万澳元的罚款,自然人面临最高25万澳元的罚款,并且还要面临最高7年的有期徒刑。任何人都可以举报乱扔垃圾的现象,无论是租房者、业主、访客还是房产代理。违法者遭重罚,举报者得到奖励!

在澳大利亚万万不可抱侥幸心理,澳大利亚人普遍有很强的举报意识。迪克跟我们讲述了发生在他自己身上的真实案例。一天晚上,迪克的妻子不太舒服,他就去药店帮妻子买药。在一个十字路口遇到红灯,他觉得是凌晨,没有车辆,闯红灯不会有大碍,结果恰恰被人看到并遭到举报。第二天保险公司打来电话说,由于迪克安全意识太淡薄,把各类保险费用上浮了几个点……

澳大利亚是一个从不挥霍自然资源的国度,全民环保蔚然成风,所以在澳大利亚到处可以看到蓝天白云和洁净的城镇、社区、景区。

澳大利亚人在各方面的素质如此之高主要有两方面的原因。第一,各种健全的法律制度约束着大家的行为;第二,大部分澳大利亚人自身素质良好。正因为如此,澳大利亚才能拥有人与自然高度和谐的人居环境。有时候我会想,天堂也不过如此吧?因为我已经感觉到灵魂可以在此栖息。

我是"老外"

在墨尔本,我发现了一个非常奇特的现象,当你拔掉洗手盆的塞子或抽水马桶冲水时,水流会产生一个逆时针方向的漩涡,而在北半球的北京,水流是按顺时针方向流下排水孔的。后来查了资料才知道,之所以出现这种现象,是由于地球倾斜着自转,导致南北半球很多现象不同。澳大利亚在南半球,什么都跟北半球反着来。季节是不同的,北京是冬天,墨尔本是夏天。而且我发现,在墨尔

▼ 冬天的墨尔本依然鸟语花香

本好多当地人都是左撇子，用左手握网球拍，用左手写字，不过这个跟南半球倒是没任何关系。

第一次到墨尔本是一月份，当时的北京正处于冰天雪地的隆冬，我穿着厚厚的羽绒服上的飞机。飞机在当地时间早上六点多抵达墨尔本，北京时间应该是凌晨三点多，我正睡得昏天黑地却被叫醒了，迷迷糊糊地跟着人流入了境走到机场出口。一月份的墨尔本正处于夏季，我那会儿还没完全睡醒，也许是因为太累的缘故，还没意识到自己穿的是冬天的衣服。

朋友林昭来机场接我，看到我一身冬天的打扮直接呆住了："哇，你穿的是冬天的衣服啊！"我这才意识到自己的衣着十分不"得体"，于是悠悠地拭去额头的汗水，故作镇定地说："That's OK!（没关系的！）"然后才不慌不忙地开始脱衣服……

林昭帮我把所有行李塞进后备厢，我很自然地走到汽车右侧开车门。林昭十分紧张地说："我来开车，我来开车！"

我莫名其妙地说："当然是你来开车了，我又不认识路！"心想，这人可真逗！

我一边说一边打开右侧车门，却突然发现驾驶位在汽车的右侧，终于知道为何林昭那么说了。我尴尬地关上车门，老老实实地走到左侧去。

后来有段时间我频繁往返于北京和墨尔本之间，有天早上我匆匆忙忙赶飞机去墨尔本，那是八月份，北京是夏天，而墨尔本是冬季。一上飞机，我才发现自己忘了带厚衣服，我穿的是短袖短裤，脚上穿着洞洞鞋，一身穿着十分凉快。一路上我看着自己的大光腿和大光脚忐忑不安地想，一会儿下了飞机可怎么办呢？

虽然墨尔本的家里有厚衣服，但老婆塞布瑞娜在家里带孩子，没法来机场接我，就算我直接打出租车回去，从机场到家里这段路，就够把我冻感冒了。

下飞机时，我跟空姐商量，可否把飞机上的毛毯送给我，她十分慷慨地给了我两条。我就这样把毛毯裹在身上，看起来像极了非洲人。

▲ 居民社区风景如画，随手一拍就是一张明信片

在机场出口的马路上，经常接我的华人出租车司机朋友生生把车从我面前开过去都没认出我来，全然不顾我使劲向他挥手。等他再次绕了一圈接到我时，上来就来了一句："我刚才看见一个'非洲白人'特别像你，硬是没敢认，没想到真的是你！"

季节相反都还好，对生活不会有太大影响，但澳大利亚的交通规则也是跟我们的反着来，澳大利亚是顺着马路的左边开车，方向盘在车的右边，在澳大利亚开车对我来说简直是个极大的挑战。

我在澳大利亚的开车经历，简直是啼笑皆非。

我在开车方面一直谨小慎微、安分守己，不开快车、不乱加塞、不乱停车，虽然累计行驶里程已有10多万公里，却从来没有违章过，更没收到过罚单。

最初在北京工作生活时，我是环保人士和健康达人，能走路绝对不坐地铁，能坐地铁绝对不开车，还经常游说身边的朋友同事能坐地铁就不要开车了，便捷又环保，为消灭雾霾贡献自己的一份薄力。但后来北京地铁涨价，据说原因之一是为了缓解早高峰压力。

我怀着无奈的心情把深埋在大雪之下好多年的小车给扒拉了出来，洗干净，加上油，自此开启了车不离脚的出行方式。就是从地铁涨价开始起，我比较热衷于开车出行了，尽量避免坐地铁，宁可天天堵在路上。再说了挤地铁简直就是一场恶战，以双井地铁站为例，那场面简直太壮观了，楼梯刚下到一半，放眼望去，站台上拥挤不堪，人山人海，就差彩旗飘飘、锣鼓喧天了。看到这种场景我就会很自然地浮想联翩，将来我的书出版了，要是在签售会现场有这么多的读者朋友那该多好啊……

好吧，希望如此。让我们继续回到现实中，回到地铁站的场景。

从楼梯走到站台上都得费好大的劲儿，挤进车厢那简直如同冲锋陷阵，每次得过6趟车才能挤得上去。当你好不容易从一个车门侥幸挤了上去，呼啦一下你又从另外一个车门被挤下了车……车厢里被挤得能听到骨头咔嚓咔嚓响，有时脚都无法接触到地面。但大家依然文能看手机挤地铁，武能挤地铁看手机！

到了澳大利亚，由于交通规则跟北京大为不同，再加上人口稀少，公交地铁向来不会拥挤，几乎每次都会有座位，而且公交车跟地铁一样是准点到的，乘坐起来十分方便。再加上我对车不太热衷，塞布瑞娜的兴趣爱好跟我一致，夫唱妇随，所以在澳大利亚最初生活的一段时间，根本无须买车。

随着越来越多的同胞拥入墨尔本，有很多朋友拿到永久居民身份，买了房产、汽车后在墨尔本生活了一段时间，发现各方面不适应，便又匆匆返回国内继续自己的事业了，所以他们在墨尔本的房子空着，车也闲置着。时间久了车肯定会出故障，以至于他们经常委托在墨尔本的朋友闲暇时间帮他们遛遛车。

每个周五，华人朋友费奇便不厌其烦地打电话邀请我参加聚会，并游说我快帮他遛遛他那些朋友们的车。

费奇是个很特别、很有个性同时也非常自恋的人。他早年在国内跟朋友合伙创业,一路拼杀,没有业余生活,一年365天也见不了妻儿几面,几年后企业成功IPO上市,当全公司沉浸在一片欢腾中时,费奇目睹日夜辛劳的合伙人猝死在工作岗位上,刚刚才敲了上市的金钟,还没来得及分享企业上市后的盛宴就……

费奇在这种大喜大悲所带来的巨大反差中领悟到了人生的真谛——没有幸福美满的家庭生活,就算挣得了全世界的财富又有何意义呢?于是,他急流勇退,见好就收,在上市公司估值最高位时卖掉了股权,实现财务自由后便隐居澳大利亚,然后做起了钱生钱的生意,做了我们公司基金的出资人。我们没日没夜地工作,每年给予其丰厚回报,使他得以维持在澳大利亚的"糜烂生活"。

费奇既不混华人圈也不混白人圈。不混华人圈是因为他刚到澳大利亚就被同胞狠狠地骗了一把,从此对同胞们十分抵触;不混白人圈是因为费奇的英语比较差,只能应付日常会话,无法进行精神方面的深层次交流。所以他在墨尔本只混"神秘圈",身居深宅大院,不食人间烟火。

费奇太过极端了。实际上,澳大利亚华人整体素质相当高,而且都比较友善、团结,最起码我接触的华人都相当不错,没有遇到过坏人。

周末,我坐上火车(在墨尔本,把地铁叫作火车,每次出门给人一种要去很遥远的地方的感觉),不到二十分钟,便准时出现在费奇在图拉克区的深宅大院里。

实际上我特别不愿意来费奇家,一看到他那酷似金阁寺的豪宅就让我的幸福指数直线下降,那一砖一瓦上,甚至墙上附庸风雅的达·芬奇的假画上都沾满了散户和我们这些专业投资机构的鲜血。我跟费奇根本不是一路人,物以类聚人以群分,理论上我们不应该成为朋友,但现实中我们却总是有着诸多交集。费奇说:"你想成为什么样的人就和什么样的人在一起。想成为健康的人,那你就和

▲ 火车上空荡荡的,据说人们都去中国旅游了

健康的人在一起,因为他会告诉你如何保养身体;想成为富人,就和富人在一起,因为富人的思维方式和处事方式会对你形成潜移默化的影响。我想成为快乐积极的人,所以就和你这种快乐积极的人在一起,因为你比较幽默,一言一行都在告诉我如何拥有快乐积极的心态。"好吧,我把他的这番话权当恭维和赞美吧!

一见面,我就被费奇和他老婆狠狠捉住,然后就是一番接近于歇斯底里的

激情演讲式的唠叨。他俩说话像机关枪，我一句话也插不上。"好山好水好寂寞"是费奇的真实写照。

酒足饭饱之后，我该回家了。

"你怎么回去？"费奇问。

"坐火车啊！"我答道。

"吴大利亚啊！你先别忙着走，你太不会享受生活了，也不搞个车？攒钱干什么？澳大利亚福利那么好，老有所依，要及时享受生活啊！今天必须得选个车开走。"费奇说。

"我很会享受生活的，来澳大利亚就是要享受人生的啊，不然来干吗？只不过觉得在澳大利亚开车好紧张啊，没有坐公交、地铁方便。"我悠悠地说道。

"可拉倒吧，我们都是实现财务自由的人了，还坐什么公交地铁？"费奇自恋的小火苗开始燃烧。

"你不自恋能死啊？"费奇的老婆笑嘻嘻地骂费奇。

"肯定能死，我就这么点小嗜好，你还不让我满足？"费奇坏笑着说。

看他们夫妻俩开始斗嘴，我插话道："我可没实现财务自由，还在为了餐桌上的一盘羊排而奋斗，实际上连超市自由也没实现，面对货架上的大宝和朗仕，我肯定会选择八块钱的大宝。因为大宝相比朗仕效果好，而且又便宜。"我哈哈大笑。

"哈哈，实际上我用的也是大宝，但吴大利亚啊，对外可别这么说，不然会被鄙视的。"费奇说。

"人一定要活出真实的自我，而不是别人眼中的我，反正我用的就是大宝，爱鄙视就鄙视，爱咋地就咋地吧！"我回击费奇道。

接着我故作神秘地说："实际上我知道你的一个小秘密！"

"什么秘密？"费奇一脸紧张。

"你那身西服穿了15年了，那个牌子早就倒了，你还在穿那件衣服！"我

说道。

"你怎么知道我穿了15年？"费奇问。

"15年前我们第一次合作你就穿着那件西服，现在还在穿。"我笑着说。

费奇一脸的尴尬。如果所有男人都像他这样节俭，估计所有男士衣服牌子都得倒闭。不过，"60后"和"70后"不管有钱没钱，大多数人都比较勤俭节约，不太可能像现在的年轻人那样花钱大手大脚。

我跟着费奇去他家的地下车库。打开灯，眼前的一幕简直能亮瞎人的眼睛。只见偌大的车库里停了几辆十分魁梧的"砖头车"，还有一辆是土豪金色的，金光灿灿。我对车不太敏感，只知道那是辆路虎车，但具体是路虎的哪种型号完全没有概念。总之感觉每辆车都像十分结实的大砖头。

这些车都是费奇的朋友们暂存在费奇家的地下车库的，他们回国内发展了，一时半会儿不会回澳大利亚，所以劳驾费奇隔三岔五给遛遛。

费奇怂恿我开走那辆又高又大的大砖头。"有血性的男人，都希望拥有一款路虎，希望自己都像一匹野马一样，一头鬃毛，迎着澳大利亚季风驰骋在宽阔的马路上、奔跑在澳大利亚浩瀚的大漠上。"费奇富有诗意地说着。

不过，这话听起来十分耳熟，但我忘了在哪里听过，也许是哪部电视剧。费奇窜改了台词？

我费力地爬进驾驶位，落座，手扶方向盘，一点儿也没有野马的感觉。

据费奇讲，这辆车原来的主人花了好多钱移民来到澳大利亚，结果开车时十分任性，无视交规，横冲直撞，随意变道、加塞、逆行，闯了很多次红灯，被罚了巨款后永久居民身份也被取消，并被遣返回国了。

这是本年度我听到的最悲惨的故事。澳大利亚可不是个有钱就能任性的国家。

我是控制不住这么个大家伙，所以挑来挑去，最后我挑了个最小的"菠萝"（Polo车）。

"老天,那是保姆的买菜车,保姆要经常开着它去买菜的。"费奇十分"不屑"地说。

好吧,那我就挑这辆橙色的奥迪A1了,小巧玲珑,容易操控。在国内开的是大橙子(橙色的汽车)和小菠萝,在澳大利亚就开小橙子吧。我比较喜欢橙色车,开起来有种骚骚的感觉。再说了,我这人比较抠门,如果把路虎撞坏了,我才不愿意花钱去维修。

从心理学上讲,自称大方的人实际上100%是非常抠门之人,而自黑抠门的人有50%可能是比较大方之人,但有50%可能是真的抠门。我应该是处于50%的边缘状态。

费奇见我这人实在是"无药可救",很无奈地挥挥手说:"开走开走,不用还了。"

我对房子比较着迷,但对车没什么兴趣,在我眼里,Polo和路虎没啥区别,只要四个轱辘会转的车都是一样的。不太认同"车是男人的名片"这种说法,在澳大利亚,没人会因为你开辆豪车而对你高看一眼的。

我不会在意别人的眼光,"活出真实的自我而不是别人眼中的我"是我的座右铭。在这点上,我的想法跟澳大利亚人基本一致,不会用奢侈品武装自己。有时候想想,像我这种连奢侈品、名车都认识不了几个的人,连别人在炫富我都感觉不到。

北京有个朋友的孩子正在读初中,一次跟澳大利亚的初中生进行交流活动,他们家接待了几个澳大利亚初中生,玩了几天后,那几个澳大利亚初中生问我朋友:"叔叔,我们注意到一个有趣的现象,咱们家的车非常棒,咱们居住的这个社区的地下车库里很多人开的车也非常棒,但大家住的房子和小区的环境却一般般,这是什么原因呢?"

我朋友一时语塞,犹豫了一下回答道:"因为房子太沉了,背不动!"

澳大利亚初中生们一头雾水,不知所云,朋友继续补充道:"因为车能开

着跑来跑去，大家都知道你开的什么车，如果车不好会被人鄙视，而房子是不可能背着跑来跑去的，大家也不会知道你住的什么房子，所以一定得买好车，房子就不一定了。"

我曾经调研过江南的一家上市公司，实控人几十亿的身价，然而他在生活中却非常节俭、低调，平时上下班开一辆小Polo，奔驰车用作公司的商务接待。他们公司的高管也都非常踏实低调，开的基本上都是很普通的车。那位实控人和高管都非常务实靠谱，合作起来非常愉快。后来我们公司投资了那家上市公司并获得了丰厚的回报，跟靠谱的人合作永远不会错。

然而在浮躁的金融投资圈里，踏实靠谱的人比较稀缺。我微信圈里有一个熟人E，是做创投的，热衷于各类投资论坛，俨然把自己包装成了一位投资大咖。有次聚会，有个朋友没跟我们打招呼就把E也拉了过来，实际上大家都不愿意跟他有任何交集，觉得他十分低俗。

E在饭桌上侃侃而谈，区块链、人工智能、国际格局，装作不经意间透露出自己跟某个权贵或者大佬的关系非同一般，以期捕获赞许的目光，继而又打着饱嗝给大家灌输已经发酸发馊的"鸡汤"、过气的成功学，知识点基本上来自微信圈里大家所熟知的内容。他还吹嘘着要去跟巴菲特共进午餐、去跟马克·扎克伯格谈笑风生，吹破牛皮之势简直高如发际线。酒过三巡后继续跟我们显摆，说他的衣服没有低于一万块的，我们仔细地打量了他的西服，皱巴得跟芝麻叶一样，尽显低俗气质。

一位知名企业家曾在一次节目中展示了自己的衣柜，基本上都是平价品牌，他说："衬衫超过299元，我就很难接受了。"大佬尚且如此朴素……

我对那个E的情况还算了解，他属于比较失败的"投资人"，但非常虚荣，号称西服不买阿玛尼的都不好意思穿出去，皮带一定得是爱马仕，做投资的，全身上下的行头一定得是名牌，他的微信头像也是身着爱马仕皮带的全身照，"H"看起来比脸还大。他在微信圈里除了不时晒出自己频繁参加各种论坛活动与各种"名人"的合影照片，还大聊教育与人生，并针对热点新闻发表观点，俨然成了年轻人的"人生导师"。实际上这一切都是一种虚假的道具。

真实情况是他们公司的投资业绩十分惨淡，他那"投资大咖"的名头是花钱买来的。虽然整天在微信圈里炫耀今天投了这个项目、明天投了那个项目，实际上他们没几个项目是成功退出的，偶然退出的那一个也赔得十分惨淡，无法给出资人交代，最后被出资人讨伐。因为他们目光非常短浅，在设计投资方案时根本不是奔着跟企业共赢的目标，而是故意设置一些表面上看似对自己有利的种种陷阱，结果没搞好把自己也给坑了，搬起石头砸自己的脚。实际上，他们才不关心投资业绩呢，更不在乎能给出资人多少回报，他们最关心的是每年能提取管理费就可以了，严重缺乏职业道德。

正是由于市场上有大量这种缺乏职业道德、缺乏投资知识、缺乏投资能力的"投资人"的存在，导致频频"爆雷"，基金亏损，出资人损失惨重，继而导致整个金融投资圈募集资金十分困难！大家都捂紧钱袋，不再相信任何基金管理人了。投资行业是个被做坏了的行业，据说一些城市的写字楼物业一听说是投资公司要租房子，直接拒绝了。

那些全身名牌，包装出来的所谓"投资大咖"，以及频频晒出的今天获得了这个投资奖、明天获得了那个奖（稍微花点钱赞助一下就能拿到），实际上都是一种融资道具，用来忽悠钱多人傻的外行人心甘情愿地把辛苦钱交给他们去挥霍……

好在监管层已出台了一系列政策措施来规范投资行业，在今年的行业大洗牌中那个E的公司已经摇摇欲坠了。

真正有实力的投资人是不会靠全身名牌奢侈品来包装的，更不会热衷于参加各类论坛和饭局。有实力的投资机构都非常踏实务实，做事非常低调，不会忙着做任何宣传。

扯远了，还是回到费奇家的地下车库的选车现场吧。

我坐进"小橙子"里,系上安全带,由于驾驶位置在右边,感觉非常别扭。我打着了火,十分谨慎地踩踩油门,结果车子嗡嗡作响就是不动,定睛一看原来是因为紧张而忘了按下电子手刹了。终于启动了,我小心翼翼地开上"小橙子"出发了。虽然我十分小心,但在出车库门时还是把"小橙子"的"耳朵"给蹭了一下。

澳大利亚媒体上频频爆出中国游客自驾游时由于对澳大利亚交规不太熟悉而车毁人亡的新闻,所以我万分谨慎。

到了马路上,我依旧紧张不已,在心里给自己打着气,一定要小心再小心,以至于开得简直跟乌龟爬行一般。好在澳大利亚人十分宽容,没人会因为你开车挡道而冲你按喇叭。

墨尔本是个非常安静的城市,大街上几乎听不到喇叭声,城西的一声狗叫在城东都能听得到。我们居住的社区有所小学,小学生们会站在路边,朝着路过的公交车或者大卡车司机伸起胳膊、攥紧拳头,然后在胸前往下一拉,司机们心领

▼ 墨尔本的街头到处都是成群的鸽子、海鸥等各种鸟类

神会地按下喇叭，小学生们终于听到喇叭声了，高兴得手舞足蹈，互相击掌庆祝，然后十分满足地跑开了。可怜的孩子们！专门守候在路边就为了听喇叭声，还要做一系列动作。到北京旅游吧，保证一天能把你们这辈子的喇叭声全听完的。

人越是在紧张的状态下越容易出状况。我正在一条比较狭窄的路上开着车，突然前面出现了一只黑天鹅，十分优雅地滑翔着落在了路中央，我赶快踩刹车。澳大利亚颁布了严格的法律法规保护动物，小动物们是神圣不可侵犯的，曾有报道说有人为了躲避公路上的小动物而猛打方向盘，结果导致车辆跌落悬崖……

只见那只黑天鹅停在路中间，居然旁若无人地打起瞌睡来。我一直感觉澳大利亚的各种小动物普遍生活得毫无压力。那会儿，我的车后面已经排了好几辆车了，好在澳大利亚人都不会按喇叭催促你，尽管如此我还是十分紧张，十分不好意思。

我总不能干坐在车里等那只黑天鹅醒过来吧，于是我开门下车，走到它后边，拍了拍手说："老兄，醒醒啊，别睡了！"那只黑天鹅表现得相当淡定，十分不屑地看了我一眼，把脖子拧到后背上继续睡觉，那模样相当潇洒。这种情况要是发生在国内，我恨不得立刻对它拔毛放血，做成烧鹅。我连蹦带跳地做了一系列夸张动作喊它起床，它都置之不理。这时从后面车上下来一个"老外"，跟我一起轰黑天鹅，它的美梦被搅黄了，悠悠地看了我们一眼，十分不情愿地飞走了。飞走时，还"嘎嘎嘎"地叫了几声，仿佛在说"走着瞧！"

澳大利亚绝对是各类小动物的天堂。这里的小鸟被纵容得十分"猖狂"，明目张胆地飞到你跟前当着你的面不慌不忙地抢夺桌子上的食物，一点都不会矜持，更不会惊慌。中国的小鸟就算"移民"到了澳大利亚也绝对不可能突破心理障碍去接近人类，更不可能去抢夺人类的食物。一次，塞布瑞娜在喂一只袋鼠，那袋鼠嫌慢，居然十分狂妄地把她手里的食物打翻到地上，然后一把抓走，蹦蹦跳跳地走开了。简直太猖狂了！

▲ 一只黑天鹅

经历过"黑天鹅事件"后,我心有余悸,祷告着千万别再跳出一只袋貂来。由于还沉浸在刚才的事件中"惊悚不已"而无法自拔,在一个十字路口我突然不知道应该往哪边拐。恰恰那时亮起了红灯,谢天谢地!我刹住车,好好静下心来想想澳大利亚的交规。绿灯亮起,我内心一阵惊慌,不知何故,车子就是发动不起来了。一分钟很快过去,又亮起了红灯,我还在手忙脚乱,又亮起了绿灯,我的车子还是没有发动起来。眼看着后面的车辆排起队来,我愈发紧张,愈发手忙脚乱。后面的"老外"看我的车没有任何动静,便下车走到我的车窗前,问我:"老兄,你在等什么灯呢?"澳大利亚人还是相当幽默的。

"等红灯呢,不不不,等绿灯呢!"我紧张得有点语无伦次。

那个"老外"身子前倾,把半个脑袋伸进我车窗内想探个究竟。

"你们这些'老外'非得跟这个世界反着来,交规都跟其他国家相反,把我搞得好紧张。"我情不自禁地埋怨道。

"你才是'老外'呢!"那个澳大利亚哥们儿淡淡地说了一句。

可不,原来在澳大利亚我才是"老外"。呜呜呜!

"老兄,挂P挡,重新打火。"那个澳大利亚哥们儿说道。

我按照他说的做了,车居然启动了。然后摇摇晃晃地继续我的行程了。

雪上加霜的是,我没有把手机里的谷歌导航地图设置好,导航不会随着车的实际位置而实时更新,我只好一边开车,一边用手机及时查看我的实际位置,手忙脚乱如同蜘蛛一般。终于快到家门口了,我通过后视镜发现有一辆警车悄悄地尾随着我,这更是增加了我的紧张感。

终于,像西天取经一般,我坎坎坷坷地到家了,本来20分钟的车程,我开了将近两个小时。

不到一周的时间,我适应了澳大利亚的交规,发现澳大利亚人开车都十分守规矩,没人抢道、加塞,都互相礼让,再加上马路比较宽,又基本上不堵车,

▼ 宁静的社区,宁静的马路

在澳大利亚开车简直就是种享受。

在一个雷雨交加的傍晚,一个十字路口的红绿灯被雷劈坏了,当时正是下班高峰,我想交通肯定得乱成一锅粥了,而实际场景让我大为震惊!十字路口四个方向的所有车辆都自觉地排着整整齐齐的队伍,大家按顺序一辆一辆地开过路口,依次让行。没有交警,但现场井然有序,没有车辆插队,没有乱开的、乱鸣笛的,大家在潜意识里互为对方着想,与人方便,与己方便。

如果不是亲自遇到这样的事情,真的难以置信!澳大利亚有时候真的让人怀疑人生!

有次我在下班高峰开车路过市中心的一个路口,直行道上的车流不断,我在路口等了很久也没有等来进入主路的机会,这时主路的一位女士把车停下来,示意我插进主路,我朝她挥手表示感谢。

渐渐地我越来越喜欢在澳大利亚开车了!

把家建在墨尔本

墨尔本是个非常值得安家的地方。这里的房子是永久产权的，没有房产税，也没有遗产税。永久产权意味着可以世世代代传承下去，另外如果在你家院子里挖出石油或者锂矿也是属于你的私有财产，不用担心需要上缴。所以澳大利亚的房子非常值得购买。

墨尔本连续多年被评为全球最宜居城市之一，指标综合了城市的社会稳定、医疗保健和环境等因素。这里的气候环境非常棒，PM2.5指数常年在10以下，生活质量明显高于其他国家；墨尔本文化底蕴深厚，拥有全球顶尖的教育资源，世界排名前50、澳大利亚八大名校有两所在墨尔本，即墨尔本大学和莫纳什大学。

这里有震撼人心的绝世美景，这里一年四季都色彩斑斓，这里有休闲舒适的生活方式，这里有纯洁无污染的世界级沙滩，这是一个休闲时间多过工作时间的国度，在澳大利亚的慢节奏下慢慢地感受生活的意义吧！

我这人对车没啥感觉，但对房子却是相当着迷，尤其是在墨尔本工作生活后。对于我们这种没什么大追求，小富即安的普通人来讲，有点小钱买个房子作为投资相对来说是比较安全可靠的。

每个人风险偏好不同，对投资收益预期不同，投资的倾向性自然不同。身边有位熟人，30岁出头，满怀雄心壮志，张口闭口说投资年化收益率至少得达到30%以上云云，嘲笑我说我那房租收益率太低。我说岂止是太低，那简直可以忽略不计，那个熟人跟着一群金融掮客游走于高利贷、虚拟币、股票和期货之间"游刃有余"，分分钟挣了一辆豪车，秒秒钟又赔了一栋别墅，生活过得如同过山车一般。不到半年，那个熟人便出现在阜外心血管病医院的心脏病科室。相比

之下我这人简直是太胸无大志了,从未想过大富大贵,只想着收个房租,过着"不劳而获"的生活。小富即安,平平安安地过小日子就很满足了。

人最怕的就是认不清自己,不切实际地野心勃勃……

澳大利亚的房子无论是居住还是投资,性价比都相当高。澳大利亚本土很多年轻人之所以抱怨房价过高,除了他们自身懒散、不求上进之外,还有个原因就是在他们眼中房子仅仅只是房子。如果把房子看成是一种金融产品,他们自然就明白为何房价总会超出预期。

一项服务、一家公司甚至一花一木都可以被看作是一种潜在的金融产品,然后再进行一番金融运作。何为金融运作?就是推动资金进入最有前景、最高效

▼ 红砖绿树,诗情画意

的地区和国家，进入最有前景、最高效的产业、企业、项目和个人，通过有效、科学、合理的整合，从而促进经济的发展，实现资本的增值。根据统计，中国企业海外并购最集中的十大地区中澳大利亚每年均名列前茅，由此可见，澳大利亚是个非常值得投资的国家。

从中学时代起，我就怀揣着一个"不可告人"的梦想，之所以一直不愿意跟任何人提起，原因在于我读初三时一个同学的悲惨遭遇，让我幼小的心灵受到了极大的创伤。

我读初三时老师要求写作文，题目是"你长大后想做什么？"班上有位女生非常坦诚，写自己长大后要做个叱咤风云的女老板，挣很多的钱。结果她被我们的语文老师狠狠批评了一番，说她价值观有问题，拜金主义。不要说以现在的视角去看此事，就连当时的中学生——我们都觉得相当惊讶。做老板挣多多的钱有什么不对的？开办企业既能促进社会经济发展又能创造就业机会，为社会做贡献是很值得赞美的，为何在那个女老师眼中就成了拜金主义了？通过合法合规的奋斗获得财富有什么不对的？我们对那个女老师的教育观念相当不理解。

那个老师的教育理念是，小小年纪就开始用金钱来作为自己的奋斗目标是件很危险的事情，只有视金钱如粪土才会永葆天真。在那个年代，很多家长秉持着同样的教育观念。如果你问父母家里的房子值多少钱，等待你的肯定会是一顿批评——小孩子怎么这么关注钱？

在这样的观念下，小朋友们被灌输了这样一种思想：金钱不是好东西，金钱一点都不重要。于是孩子都被培养得对金钱无所求，甚至觉得"越穷越光荣"，在遇到烦心事儿又没钱解决时会恨恨地说上一句："有钱有什么了不起的！"

那时候，谁家越穷但成绩优秀，就越容易成为被表扬的对象。那个长大后想成为女老板的同学自然成了反面教材，那位老师如同滚车轮一般三番五次地对那个女同学含沙射影，最终导致她得了抑郁症休学了。

现实往往非常残忍，有钱真的会了不起的。那些教育孩子视金钱如粪土的

老师和家长们，实际上内心对金钱十分渴望，只不过都很虚伪地压抑着内心深处的真正欲望。

孩子以金钱为奋斗目标这一点并不可怕。可怕的是他们被不停地压抑着欲望，消磨掉自己的上进心和动力，最终变成一个自命清高的人。

在当时的情况下，我赶快把我那描写自己真实梦想的作文撕掉了，又重新洋洋洒洒地写了篇马屁味十分浓重的文章，大意是长大后要像那个女老师那样成为无私奉献的人，像蜡烛一样燃烧自己照亮别人。其他同学写的文章基本上千篇一律，都是长大了要做科学家、工程师，奉献一生云云，总之万万不能跟钱扯上关系，十分虚伪。大家就是在那种环境下，播下了溜须拍马、阿谀奉承的种子，然后生根、发芽……

值得一提的是，多年后我们几个要好的初中同学聚会，当年那位长大后想要成为老板的女生最终实现了自己的梦想，的确成为当地一家颇具规模企业的老板。她的企业是纳税大户，解决了很多人的就业问题。她同时做慈善，给希望工程捐款，资助了很多困难家庭的孩子读书。而且她不计前嫌，那个女老师的儿子也在她的企业工作。

那位女同学在自己孩子很小的时候这样对他说："孩子，妈妈要告诉你一个真相：有钱真的没什么了不起，但钱至少能帮你完成90%的心愿。"

如果人活着仅仅为了追求财富不一定对，但人活着完全不追求财富也不一定对。没有欲望的人生将会死气沉沉，毫无生机和意义；没有欲望的人也不太可能成就一番事业。对金钱有欲望并不可怕，通过自己的努力合法合规地追求更好的人生有什么不好？

我肯定不会像那个女老师那样教育我的孩子们，我会很真实地告诉他们，爱财一点也没错，但君子爱财，取之有道！

在墨尔本，我家隔壁就是幼儿园。有次去幼儿园参观，小朋友们在一起玩分蛋糕的游戏，人人都想要最大的，没人想把大蛋糕礼让给别人，小朋友们最真

▲ 美丽宁静的社区

▼ 蓝蓝的天空下一棵树、一栋小房子,这就是墨尔本的感觉

实了,每个小朋友都把自己真实的想法表达了出来,老师们哈哈大笑。然后老师带着他们一起讨论怎样分这些蛋糕才公平。最后他们商量出来一个解决方法,一共有3个小蛋糕,6个小朋友,这样他们分成3组,每组2人分一个蛋糕。每组由一个小朋友负责切蛋糕,另外一个小朋友优先挑选蛋糕。这样切蛋糕的小朋友知道,如果蛋糕切得大小不一,自己的小伙伴会优先选走大块的,自己只能拿走最小的,所以切蛋糕的小朋友们认认真真、小心翼翼地把蛋糕切得一样大。最后这几个小朋友都分到了属于自己的那块蛋糕,每个小朋友都吃得好开心。

通过这个游戏,小朋友们明白了,只要有相应的规则,按照规则行事,就能获得属于自己应该得到的那一部分。欲望本身并不可怕,前提要制定合理的规则。澳大利亚的教育在有些方面非常真实、不做作,这一点非常值得借鉴学习!

现在国内越来越多的年轻父母拥有更开放的心态和更具国际化的视野,已经摈弃了那种过时落后的教育观念,在注重小孩子学习的同时,也更加注重情商和财商的培养。

我小时候做"包租公"的梦想就这样藏在内心深处吧,从小在那种教育观念中长大,已经很难突破心理障碍把它说出来了,不提也罢。大家还是一起继续看房子吧!

墨尔本的房子有两种类型,公寓和别墅。当地人都喜欢住别墅,前后有花园、草坪,再养几个孩子,每天开车上下班,生活就很幸福快乐了。来到墨尔本就会发现澳大利亚人没有袋鼠的活力四射,有的是考拉的懒散。这里是慢生活、慢节奏,所以这里的人们都喜欢住别墅,很少有人喜欢住公寓。一般住公寓的都是在市中心上班的大学毕业不久的白领们。别墅又分为两种,一种是一块地上盖好几个房子"粘在一起",叫联排别墅;还有一种是一块地上只盖一栋房子,这是独栋别墅。在所有类型的房子中,独栋别墅是最贵的,也是最有升值前景的。

我不喜欢公寓,在北京住了许多年"鸽子笼",跑到"地大物博"的澳大利亚来还继续住公寓,不免太对不起自己的人生了。公寓不带地皮,以后拆迁了什么都没了，而且几乎没有多少升值空间。

去年春节，去一个朋友家做客，他在墨尔本一个不错的区域买的公寓。当时楼上一对台湾夫妇正在出售公寓，我们就上楼去参观了一番，房子是100平方米，六年前买的时价是100万澳元，现在还是按100万澳元出售，卖了好长时间还没脱手。不过有一点值得一提，澳大利亚公寓出售时的面积都是室内真实的居住面积，这点跟国内还是不一样的。

澳大利亚当地人都喜欢独栋别墅，住起来比较舒服，而且地皮是永久产权，只有那些没有购房资格的国外投资客们热衷于购买公寓。实际上并不是他们喜欢公寓，而是因为信息不对称，总是被一些不靠谱的房产中介忽悠投资公寓，说租金回报十分可观，还不用打理草坪，比较方便。实际情况根本不是这样，公寓有物业管理费，也是一大笔开支。之前国内的电视台专门做了一期节目，调研在海外买房的投资客们，镜头里一位阿姨老泪纵横，痛诉不良中介的误导，导致她在墨尔本投资的公寓入不敷出⋯⋯

那些投资客们投资澳大利亚的房产，之所以效果不太理想，因为他们不太了解澳大利亚人的观念和想法及澳大利亚购房政策对海外投资客的限制。

澳大利亚政府非常注重保护本地人的利益，只有澳大利亚公民或拥有永久居民身份的人士才可购买成熟社区的现房，外国投资客们只能买新开发的期房，那种期房往往位置偏远，投资价值很低。澳大利亚政府还是相当精明的，他们既需要国外投资客为经济的发展添砖增瓦，但同时又要保护好本地人的利益。

好在中国相关机构及时出台《关于进一步引导和规范境外投资方向的指导意见》，限制投资境外房地产，避免更多同胞遭受损失。

所以如果资金充足的话还是买独栋别墅比较靠谱，当然买房还要兼顾地段，如果考虑到孩子未来上学的问题，建议只考虑墨尔本市中心东南的区域，这些区域也是墨尔本最火的区域。

我们曾买过一个小房子，三栋房子"粘在一起"，就是那种所谓的联排别

墅，这种房子问题很多。墨尔本的房子大多是木架结构，外面是砖墙，里边是木头墙，用手敲墙咚咚响，走在屋里也是咯噔咯噔响。在社区里郁郁葱葱的百年古树和姹紫嫣红的奇花异草的映衬下，那感觉分明就是深山老林中一座座小木屋。

比较要命的是，由于三家房子粘在一起，根本不隔音，再加上澳大利亚当地人非常矫情，一点小事儿都能大惊小怪一番。墨尔本的夏季非常凉爽，基本上不用开空调，但偶尔还是需要小开一下。有天晚上我们就开了空调睡觉，结果第二天环保部门的工作人员就出现在我家门口，说是邻居老先生投诉，我家的空调噪声影响到他休息了，如果再出现类似情况，要对我们进行罚款。罚款？真是吓死人了！澳大利亚的罚款种类繁多，罚款数额往往不菲，分分钟能让人倾家荡产。吓得我情不自禁地捂住胸口，担心小心脏飞了出去。

简直是太矫情了！好吧，礼尚往来，我也回敬了那位矫情的邻居。白天遛弯时分明碰到他老婆去机场回了英国娘家，晚上却依然传出了"摔跤"声，就这么急不可待地从外面找了个女人留宿……我举报他声音太大，影响了我们休息。同时举报他已婚还和别的女人搞在一起，严重违反社会公德。环保部门对他是否找了别的女人不感兴趣也无权干涉，但对于半夜扰民还是非常在意的。第二天，还是环保部门的那几个人又出现在他家门口。

自此之后，风平浪静。对付澳大利亚人万万不可心慈手软，你矫情，我比你更矫情！不过澳大利亚人不太记仇，第二天我们见面还是互相打招呼，一码归一码。

一天傍晚，我正在看《新闻联播》。出了国门才发现自己是如此地爱国，时刻心系祖国，实时关注国内动态。突然听到隔壁邻居家有大动静，我把耳朵贴在两家的共用墙上，听到好像是有人在用皮鞭抽打什么东西的声音，还有人跟着皮鞭抽打的声音有规律地惨叫呻吟着，声音十分凄惨，感觉快要被打死了。老天，该不是邻居的老婆发现他在外面拈花惹草后跟他大闹，他恼羞成怒正在粗暴地虐待他老婆？不对，那惨叫声好像是男人的，莫非邻居老婆是河东狮吼型的，而他是个"妻管严",怕老婆,正被他老婆虐待殴打。我又仔细听了听,"You gonna kill me!(你杀了我吧!)"的确是邻居的惨叫声,好可怕啊!我也搞不明白到底是谁打谁了,但是邻居老婆被打的可能性更大。

老天,要出人命了,虽然邻居很讨人厌,但事关人命,我还是毫不犹豫地打了报警电话。在澳大利亚居住一段时间后我早已被当地人传染得也"爱管闲事"了,只要看到不良现象立刻举报。塞布瑞娜数落我多管闲事,我说澳大利亚的生活如此闲暇,好不容易发生了点事情,我能不管吗?

等了近半个小时,一辆警车才呼啸着飞驰而来,下来两位十分高大、体格健壮的警察,腰部插着手枪,我冲上前去把听到的一切添油加醋地描绘了一番。

"你们听,皮鞭声,还有惨叫声!"我说道。

两位警察快速冲到邻居家大门前敲门。我躲在警察身后,顿时感觉全身充满了正义感。一股正义浩气开始在我头顶盘旋开来,此时我的大脑中已展现出这样一幅画面:获救后的邻居痛哭流涕,对我千恩万谢,当地媒体报道的标题是"华人拯救被虐邻居",没过几天,我的壮举就在整个社区传得沸沸扬扬。

敲了一阵子门,还不见邻居出来。"他肯定在慌里慌张地掩盖犯罪现场!"我十分有把握地说。

警察继续敲门并大喊:"我们是警察,请打开门!"又过了几分钟,门开了,出现在我们眼前的居然是邻居的老婆。我大吃一惊,她完好无损,穿着睡衣,手里拿着小皮鞭,满脸的不情愿。看来挨打的是她丈夫。

"你们干什么啊?"邻居老婆问道。

警察不理会她,直接冲进客厅,没发现任何异常。

"你们要干吗?我们正在玩游戏,有什么不对吗?"邻居老婆惊呼道。

"亲爱的,怎么回事儿?"邻居老公在楼上大喊着。

警察们又冲到楼上去查看,我紧随其后。

卧室门正对着楼梯口,我们上到二层,一眼就看到邻居被捆绑在床尾,手

▲ 有这个"大锅",所有中文节目统统拿下,天天可以看《新闻联播》

上还戴着玩具手铐,一丝不挂……当看到两名警察出现在他跟前时,他立刻惊讶地大叫起来。

看到眼前这幅场景,我们立刻明白了是怎么回事,我们的到来简直是大煞风景,好尴尬啊!

我现在才恍然大悟,刚才在家里隔着墙壁听到的"You gonna kill me!"在当时的场景下的准确意思应该是"太爽了!"而不是字面意思"你杀了我吧!"没文化,真可怕!

那两位警察十分认真地反复跟邻居确认，还仔细地查看了手铐，原来是弱不禁风的塑料手铐，一捏就断开了。趁警察还没来得及数落我，我拔腿就跑，路过客厅经过邻居老婆时，我尴尬地说："你们继续玩啊，好好享受！不用担心噪音打搅到我们。"本来想做个侠士好好露露脸，结果没露好露成屁股了。

自此之后碰到邻居，我们依旧打着招呼并同时微笑着，微笑的背后是相当的复杂和尴尬。不过我丝毫不会为上次的乌龙事件感到不好意思，毕竟我也是出于好意才报警的，但一想到那晚邻居被捆绑着的滑稽样子就让人忍俊不禁。

……

所以买独栋的别墅最理想了，不受打扰，前后花园，在房子前面种满五颜六色的玫瑰，天天过情人节，在后院里开辟出一块空间种蔬菜，同时种上各种奇花异草布置成生态植物园，满园春色惹人醉，想想都很美。

近几年，朋友圈里流传着一些用心险恶的文章，总是拿北京东三环国贸区域的房价跟国外荒郊野岭的房价做对比，给人一种国外房子又大又便宜的错觉。一些不够理性的同胞继而会很肤浅地误认为自己生活在水深火热之中，主观地降低了自己的幸福感。

幸福感是一种心理体验，它既是对生活的客观条件和所处状态的一种事实判断，又是对于生活的主观意义和满足程度的一种价值判断；它是一个人基于自身在生活满意度基础上而主观产生的一种积极心理体验、一系列欣喜与愉悦的情绪。如果你是个消极、爱抱怨的人，如果你在中国没有幸福感，那么你移民到了其他国家也不会有幸福感的，因为每个国家都有优点和不足。

实际情况是墨尔本和悉尼核心区域的房价都排在全球前列，比北京对等区域的房价要贵一些。另外，总有媒体炒作说中国资金大量流向澳大利亚房地产市场，导致澳大利亚房价猛涨，搞得跟澳大利亚的房子全被中国人买去了一样。实际根据澳大利亚房产机构的统计，澳大利亚70%的房子是被本地人购买的，10%是被印度移民买走的，只有6%是被中国人买走的。

在澳大利亚买房，一般都是先在网上查看房子信息，房子不是想看就能看的。有房子出售，会由房产中介登记在房地产网站上，同时会在房子门前放上一个大广告牌，上面留有中介的电话，会注明哪些日期可以看，一般每周开放两三次，每次几十分钟，感兴趣的潜在买家都会在那几十分钟内集体把房子看一下，问问中介相关问题。房子开放一个月积攒了大量潜在买家后，会选在一个周末进行现场竞拍，谁出价高谁得房。所以在澳大利亚买房，不是你有钱就能买得到的，而且究竟能以多少钱买到称心如意的房子取决于现场的竞争程度，例如开价120万澳元的房子，竞拍下来很有可能200万成交，分分钟涨了80万澳元（相当于涨了400万元人民币），非常恐怖。价格翻一番的情况也时有发生。

所以，在澳大利亚买房，用在中国买房的思维是肯定买不到合适房子的。我们联系了多家房产中介。澳大利亚的各个房产中介里，往往有一大堆中国员工，有靠谱的也有非常不靠谱的，里边陷阱颇多，还得靠自己多做功课。最初我们跟一个房产中介对接，她给我们推荐的几个房子都是墨尔本西边新开发的、治安环境很糟糕的区域的房子，那种房子一般都是卖给那些对墨尔本没什么了解、又没澳大利亚永久居民身份或者国籍的人士的，不太适合我们。另外她总是忽悠我们说墨尔本的房价涨得太猛太快了，新开盘的期房刚一开盘就被抢了个精光。我说墨尔本终究是墨尔本，虽然房价在缓慢增长，但也不可能像北京那样暴涨的，而且我们又不考虑买公寓。我们对墨尔本房产市场还算比较熟悉，对她的这种忽悠套路自然不会理睬，我们对她这种总是给人紧张感的中介比较反感。

不过，澳大利亚的大部分房产中介还是比较靠谱的，这得益于非常严格的法律制度。如果房地产中介和网站为了吸引买家眼球，故意把指导价格放得很低，这种行为在澳大利亚是赤裸裸的违法行为。

曾有一个新闻，一家位于华人区的房产中介就是由于为了吸引买家注意而故意放低指导价而惨遭重罚88万澳元，创下历史纪录。维多利亚州司法部部长宣布，由于大量的房产买家向消费部门投诉和举报，查明该中介登记的多处房产存在欺骗和误导性报价行为。他们的口号就是,"把房子卖出去,用尽一切办法卖出去",一副赤裸裸不择手段的嘴脸。他们的策略是这样的,先报价很低来吸引买家,然后在销售时或者起拍时的价格却突然溢价至少20万澳元,而面对买家的质疑他们却置之不理,只说墨尔本人口正爆炸性地增长,每年大量新移民涌入,房价涨得太快,再不买就翻番了,故意给买家造成紧迫感。这是他们常用的伎俩!

虽然墨尔本的房价并不像有些不负责任的中介说得那么夸张,但房价有涨有跌,整体来看,近几年的房价的确呈上升趋势。

决定在墨尔本买房之后就要立刻马不停蹄地去看房子,参加各种竞拍,只有多看、多竞拍才会对自己感兴趣的区域房子的真实价值有感觉。

华人区和贫穷区是没法考虑的。比较好的中产阶级区和富人区基本上在市中心东南,紧紧贴着市中心,名校林立。图拉克被称为第一富人区,很多家庭有私人游艇,个别家庭有私人飞机。区域内房子巨贵,大多是深宅大院,院子面积巨大,房子也巨大,少则七八个多则十几个房间,不适合我们这些普通家庭。

另外,我可不想我的孩子有一天这样问我:"爸爸,邻居小朋友们家里都有私人飞机和游艇,为什么咱们家只有"一匹马"和一个"大橙子"?"我的天呐,听到这样的问题,我会立马晕过去的。

不过如果孩子真问出这样的话来,我会很高兴的,因为孩子们已经开始关注家庭财务情况,并准备参与进来了。有了欲望,才有动力。我们会这样跟他们讲:"在咱们家里,没有免费的食物和照顾,任何东西都是有价格的,你们必须学会赚钱,才能获得自己想要的一切。爸爸妈妈绝对是很尽责任的父母,我们已经竭尽全力地给你们创造了一个良好的起点,如果你们对私人飞机和游艇感兴趣,这些只能靠你们自己去奋斗了!"

关于图拉克区,房产中介的广告词是这样描述的:"图拉克是个绿意盎然、风光如画的城区,到处可以看到很有特色的豪宅。生活在这里交通便利,生活丰富，还有数量多、优质的学校和色彩斑斓的精品店。图拉克一直散发着悠闲、奢华的氛围。美丽的亚拉河就在身边，而小镇子里的各色餐厅、服装店和电影院吸引了很多人选择住在这里。同时还有很多年轻人和独立人士由于这里临近中央商务区的地理优势和涵盖吃喝玩乐的购物场所而选择在这里生活。"由于这段美丽的广告词，我们在去看那个区之前，对那里的期望值显然过高了，实地看过整个区的环境后大跌眼镜。算了，不多说了，免得读者朋友们说我是葡萄架下的那只狐狸。总之，广告词永远是广告词，你懂的。

　　第一富人区也有大量破烂不堪的房子。在澳大利亚买房，有时候买地皮比房子本身更重要，如果地皮位置和格局很棒，而房子破破烂烂也没关系，可以把房子推倒重建成自己喜欢的风格。贫穷区的房子比较便宜，但治安状况一般，以最贫穷的斯普林韦尔区为例，那里就非常不适合小孩子的成长。但澳大利亚贫富差距不是很大，贫穷区的环境看起来也是相当不错的，跟美国的贫民窟完全是两个概念。

　　华人区的房子也不在我们的考虑范围内，如果住在华人社区，会经常遇到这样的场景。当你去商业综合体购物，过马路时遇到初中生放学，全部说着普通话，放眼望去，金发碧眼的当地人简直就是少数民族。另外华人区八卦居多，尤其是国内过来帮忙带孩子的老人们是散布各种八卦的主体。本来澳大利亚的生活就无聊，他们又无法跟当地人交流，当一个人无所事事时，会非常热衷于制造八卦新闻并歇斯底里地把各方面搜刮来的消息闪电般传播得淋漓尽致。他们特别喜欢挖掘每户人家的情况，把你家的人员结构、收入情况、有几套房子、有几辆车、什么型号牌子，入了国籍还是永久居民等隐私都能摸得清清楚楚，随后快速地在整个社区里八卦开来。不出几日，你就会成为整个社区的"大明星"，光环会一直持续到下一个爆炸性的重量级八卦传闻袭来。

　　紧挨着富人区的中产阶级区域的房子也相当不错，这些区域都有一到两所好学校，交通生活都很便利，区域里三三两两地散布着几家华人家庭，环境挺不错的。

不管怎样，如果经济条件允许的话，还是尽可能地买富人区的房子。富人区环境优美，治安良好，名校林立。墨尔本的顶级私立学校大多集中在富人区，这些顶级私立学校入学竞争比较激烈，如果未能获得A学校的入学资格，还有B学校作为备选。富人区的人均收入和受教育程度普遍比较高，邻居们大多是公司高管及社会各行业的精英，配套设施完备，生活品质较高，好的社区环境对一个人的影响是潜移默化的，对小孩子的成长十分重要。因为环境会影响一个人的人生观和价值观，好的环境能够培养出高雅的生活品位和行为规范，鞭策你力争过上更好的生活，也会更加清晰自己的目标和追求。一个人的性格会决定他的心态，心态又会决定人的选择，而选择会决定一个人的人生。有怎样的心态，就有怎样的人生！

那天，我们在莫纳什大学附近看到一栋两层小楼，3个房间。房子是砖红色的，前后都有小花园，地理位置绝佳，虽然地块很小，但我们都比较喜欢，大学附近的房子比较容易出租。周六下午竞拍，我们早早赶了过去。

房产中介有个流动咖啡车，给前来看房的潜在买家提供各种咖啡饮品。房子被打扫得非常干净，中介拉来了各色家具、装饰品，把房子装点得光彩照人，令潜在买家们看完就有买房的冲动。

我仔仔细细地转了一大圈下来，坐在客厅的沙发上休息，同时观察着前来看房的人们，这些人一会儿在竞拍时就将是竞争对手。

"请问现在几点了？"突然，旁边坐着的一位女士问我。我没留意到旁边还坐着一位中国同胞。她皮肤白皙，约莫30多岁，穿着绿色上衣，胳膊上挎着LV，一副有钱人的打扮。

"3:40了。"我回答道。

"竞拍4:00开始？"她问道。

"对，还有20分钟，姐姐准备出价了吗？"我问道。

"这房子看着还行吧,就是小了点,但离莫纳什大学比较近,买了之后可以租给留学生。"那位女士说。

"姐姐来澳大利亚多久了?"我好奇地问道。

"刚来两个月,拿到身份以后打算长住,正在学习英语呢,上个月刚刚买了一套房自住。我发现墨尔本的房子一买就会上瘾,地大房子大,环境又棒,租售比又相当不错,准备再买几套出租。"那姐姐很土豪地说道。

在拍卖会上最担心的就是碰到这样的土豪买家,虽然一句英语都不会讲,但他们不断竞价,其他潜在买家分分钟就被"炸飞"了。中国买家们魄力之大,出手之阔绰往往让金发碧眼的当地人刮目相看。

"弟弟啊,一会儿竞拍开始了我出价你帮我翻译啊?"土豪姐姐说。

跟那位土豪姐姐说话时我尽可能地保持着距离,因为她身上散发着一股韭菜味,也许她中午吃了韭菜合子。

后来,我通过跟土豪姐姐进一步聊天获知,她老公是国内一家上市公司的实际控制人,她一个人过来先把房子买了,以后孩子过来上学,再逐步买个新产业做做。

由于职业的敏感性,我用手机软件查了一下他们那家上市公司,发现他们主业做得一塌糊涂,典型的追热点、玩财技,不久前刚刚被爆出狠狠地割了几把"韭菜",属于吃相不太优雅的那类上市公司。怪不得她身上散发着韭菜味。

竞拍开始了,大家都从屋里撤了出来,站在社区的大马路上,拍卖师站在马路边开始主持拍卖,说了一大堆煽情的客套话。这期间我数了数参加竞拍的人数,一共66位,包括跟着大人一起来的小孩子和狗狗。在澳大利亚,千万不能轻视狗狗,它们可是被视为家庭成员的。竞拍者三分之一为金发碧眼的当地人,三分之一为华人,剩下的三分之一为其他移民和印巴人。那位土豪姐姐的旁边早已有个房产中介的同胞员工围着她转了,不需要我帮她翻译了。

拍卖师报出房东的心理期望值,以此为底价起拍,出价以一万为单位

递增。

拍卖师话音刚落,有人一下子多报出了十万,人群中"哇"的一声惊呼。简直是来捣乱的,能不能一万一万地往上加啊!

土豪姐姐不甘示弱,很豪迈地又往上追加了十万。站在她旁边的中介员工的脸上荡漾着兴奋的涟漪。

我也参与了一把,弱弱地报出一个价格,随后声音便立刻被淹没在一群如狼似虎的报价声中。

站在马路对面大树下的一对本地老夫妇一直在观望,突然半路杀了出来,又把价格往上提了一大截。

拍卖师兴奋不已地大喊:"还有没有愿意出价的?"很显然,现在的价格已经远远超出了他的预期。

土豪姐姐志在必得,又追加了一个价格。

"土豪姐姐啊,这个价格已经很不划算了,你算一下投资收益比,这个价格可以买个比这个房子大很多的房子了。"我立刻劝她道。

"没什么划不划算的,喜欢就把它拍下来。"土豪姐姐一副女侠风范。

之后,那对老夫妇也不甘示弱继续加价。

竞拍俨然成了土豪姐姐和那对老夫妇的专属战场,其他人纷纷败下阵来,静观花落谁家。土豪姐姐和老夫妇像两条巨蟒一般交错缠绕着上升,最终以老夫妇的报价成交。成交价令人震惊不已,比房东报出的预期价格高了60万澳元,折算成人民币是300万元,我的价值观瞬间被震碎了一地。这就是竞拍不可控的结果……

拍卖师兴奋得心花怒放,房主更是笑得跟一朵花似的,房产中介的员工各个笑得嘴都咧到脑后了。随后,房产中介的员工把一瓶香槟交到那对老夫妇手中,另外一位员工给这对老夫妇献上一束鲜花庆祝,就差载歌载舞了。

事后采访这对老夫妇才知道,原来他们是在给儿子买房,谁说澳大利亚年

轻人都是靠个人奋斗买房的？实际上也有很多啃老族。

根据澳大利亚金融数据分析机构的最新数据统计，澳大利亚有55%的年轻人第一次买房时都获得了父母的资助，而且资助额度平均为8.8万澳元。也就是说，超过一半的澳大利亚人都是啃老族！

这么多年来我一直被骗了，我一直误认为澳大利亚人都是靠自己去奋斗买房的。

澳大利亚的退休老人是土豪群体，他们工作时年年积累退休金，到退休时退休金往往能达到几百万或者上千万，一退休，马上环球旅行、买豪宅……

人群开始散开，各回各家，我转身准备离开。

"弟弟！等等！"还没走出几步远，土豪姐姐便追了过来，"我在布莱顿

▼ 深宅大院

看了一套房，比这个好多了，明天也竞拍，我们再去拍。"

布莱顿也是我们关注的区域，那个区域相当不错，名校林立，拍卖会上竞争会更加激烈，我才不愿意跟如此不理性的买家一起出现在竞拍会上，我不想让我的价值观再碎一次了。

"我得好好休息一下，让我那震碎的价值观修复一下再继续吧！"我说道。

"哈哈哈，多大点事儿啊！"土豪姐姐笑呵呵地说。

是啊，对她来说能有多大点事儿啊，她老公割一把"韭菜"，涨价部分就有了，而我那一分一分的都是血汗钱啊！

每当心情的天空飘过乌云一朵朵时，我需要通过走路来驱散乌云。我黯然神伤地走在路上，不愿意坐公交车也不愿意坐火车。墨尔本傍晚的彩霞很美，我无心欣赏风景，夕阳把我的身影拉得很长。

这时，北京的一个同学打来电话，他今天正在看富力城的房子，估计是买到房子了跟我交流下信息。

"房子买了？"一点开电话，我就直奔主题。

"哪里买了，吴大利亚啊，你是不知道那房东多么难说话，说破大天磨破嘴皮他才降了10万块，他要是降价30万我立刻跟他成交。"同学说道。

听罢此话，我立刻来气："你丫太矫情了吧！房东给你便宜了10万你还嫌少啊？活该你买不到房！"我气势汹汹地骂完同学，立刻挂了电话，并发誓永远不跟这种既没格局又贪得无厌的人打交道了。

我这位同学从十年前就开始看房子了，到现在房子都没买成，因为中间有段时间房子降价，他总觉得还会再降价的，所以每次房价波动小幅度下降时他总抓不住机会，从他十年前准备买房到现在，房价早升到天上了。在他眼中，房价是负数都嫌贵。

休整一下，继续看房，我们在周末仍游走于各个竞拍会。后来还遇到过一个房子，只有一层，4个房间，地皮面积670平方米，前后花园都很大，完全可以买过

来把老房子推掉重建两套。但令人惊讶的是拍卖现场有60多人,只有一位澳大利亚男士出价,其他人都没有参与竞拍,最后那位澳大利亚男士以房东报出的价格买下了那套房子。有时候买房子真得看运气!我们不愿买那套房的原因是房子在华人区,而且离火车站和超市都比较远,但是如果开车的话这些倒不是什么问题。

后来我们遇到了现在买的这套房子,隔壁就是一个很大的幼儿园,可以在栅栏上造一个门出来,拉开门就是幼儿园,这样就方便了很多。我们让中介去跟房东商量,最后我们在房东报价的基础上加了5万澳元,就不再走竞拍流程了,因为竞拍现场不可预料的事情太多,也许有其他买家也看上了这套房双方展开厮杀又是两败俱伤,也许没有其他买家愿意参与竞标,直接以房东的价格就成交了,总之完全看运气。

如果有一天孩子们问我:"爸爸,咱家的房产价值有多少?"遇到这样的问题,我不但不会觉得孩子们钻到钱眼儿里了,相反我会为孩子们高兴的,因为孩子们已经开始初步具备财商了。我们愿意看到孩子们通过合理的规则、合法合规的努力获得财富。我们更愿意看到孩子们因为有足够的财富而收获一个内心有爱,也有能力来传递爱意的幸福人生!

生活在别处

　　澳大利亚的生育福利非常齐全，涵盖了生儿育儿的各个阶段，父母们养儿育女不需要有太大的担忧。申请表里的福利五花八门，有家庭税收减免福利；父母补贴；带薪产假；新生婴儿补贴等还有很多，让人真真切切地感受到政府对婴儿的爱护和关心。

亲亲我的宝贝

小平果来到我们身边的那天是个非常浪漫的日子。那天阳光明媚，天空湛蓝，令人身心愉悦。茶几上放着一大捧娇艳欲滴的玫瑰，客厅盆栽里的各色玫瑰开得如痴如醉。那天正好是个周末，一切都很自然。

一周后，塞布瑞娜发现怀孕之后我们甚是兴奋，立刻飞奔到医院去做检查，可惜周末医院不开工，我们只好等到工作日。之后我们就在北京朝阳的一家妇幼医院建档。

后来因为种种原因，生产时我们返回了墨尔本。我们先去GP社区诊所检查，这个GP在澳大利亚指的是全科医生。医生相当和善，说话柔风细雨，给塞布瑞娜做了很详尽的检查，然后建议我们去莫纳什医院生产。最后医生把医疗资料、推荐信放在一个信封里，写上医院的名字、部门跟医院约定的时间等信息。

我们按照约定时间去莫纳什医院登记注册。医院给我们建立了一个非常详细的档案并做了B超检查，同时为我们约好了下次来产检的时间，精确到了分钟。

我们按照上次约定的时间来到医院，医院里虽然人也很多，但安静有序，没有那种乱哄哄的感觉。我们先在前台注册，然后在产检规定的区域等候着。我们提前了半个小时，在等候的过程中，有位护士过来跟塞布瑞娜聊天互动，安抚她的情绪。护士提前准备有我们的资料，对我们的情况比较了解，会很关心地问塞布瑞娜最近感觉怎么样、吃饭口味如何、有没有适量运动等，让我们感到非常贴心。

在等候区，我静静地观察着孕妇们，发现有很多孕妇都是一个人来医院做

产检。有些孕妇独立性更强,身边跟着一个三四岁的孩子,推车里放着一个一两岁的宝宝,挺着肚子完全不需要任何人陪同,这在国内绝对是不可思议的。

　　澳大利亚在生育方面福利较好,政府鼓励大家生产,当生到第三个孩子时福利跳一个级别,政府发放的补助金足以够一家人生活的了,所以大部分家庭会很轻松地生三个孩子。我发现澳大利亚的小朋友都非常懂事,那位带着两个孩子的

▼ 莫纳什医院

孕妈妈完全没有手忙脚乱，相反十分从容，她的大儿子就在妈妈身边玩耍，不哭不闹，也不乱跑，小推车里的二儿子乖乖地吸着奶嘴，大眼睛忽闪忽闪地环顾四周，很是可爱。

我们对面坐着两位华裔妈妈，从口音判断她们应该来自国内南方省份。她们分别有一个儿子，两位小朋友应该是在澳大利亚出生并成长的，他们在一起玩得很开心，一直在说英语，他们还悄悄戳了戳坐在他们背后的金发碧眼的小朋友的后背，然后赶快藏了起来。他们在地上扔了一个纸屑，妈妈要求他们立刻捡起来扔到垃圾箱里去。看小朋友们玩耍是件很开心的事。值得一提的是两年后我们在莫纳什医院附近逛街时，居然又碰到其中一位华人妈妈和她的儿子，旁边跟着她的小女儿。墨尔本真的好小啊！

轮到我们去医生办公室了。让我们觉得很贴心的是我和岳母作为家属，居然都可以直接进入医生的办公室。给塞布瑞娜做产检的是位女医生，叫丽莎。其实她是一位助产士，态度非常友善，在做B超时很详细地为我们解释胎儿的发育情况，很耐心地回答我们的一切问题。而且她给我们打印了一份生孩子所涉及词汇的中英文对照手册，服务太周到了。

产检的不同时期有时会是助产士，有时是医生来为孕妇服务，在医院看来有些环节根本不需要医生到场，直接让助产士就可以完成，这样也是为了有效地利用资源，使产检程序简单、高效。但医院也会尽可能地安排同一个助产士来做产检，这样对孕妇和胎儿情况比较熟悉一些。给塞布瑞娜做产检的一直是丽莎，但澳大利亚人的假期非常多，丽莎休假时会有其他医生来代替，圣诞节前后她休了将近一个月的假，中间换过两个医生。产检的效率挺高的，我们仅用了半个小时就做完了产检，从我们到医院算起，前后总共用了一个小时，整个过程感觉比较舒心、有秩序。

每次产检过后我们都会去茶餐厅大吃大喝一顿，心情愉悦，胃口自然就好。

快到预产期时，医院专门组织了产前培训班，教给准父母们生产和喂养孩子的知识，告诉先生如何安抚妻子，如何减轻妻子的疼痛及精神压力，大家都认真地学习。

转眼间到了小平果快要出生的日子，我和塞布瑞娜每天在社区里散步，多运动有利于生产。整个社区郁郁葱葱、鸟语花香，再加上每天都是蓝天白云、阳光明媚，让人心情甚是愉悦。

临近预产期，我们做着各种产前准备。我对澳大利亚的交规不熟悉，而且近两年我们没在墨尔本工作生活，所以一开始我们没有买车。由于澳大利亚人十分懒惰，大多数人不会晚间工作，我担心晚上去医院找不到出租车，所以就打算提前做准备。我看到有个邻居是开出租车的，那位先生40来岁，身强力壮，他正在自家门前擦他的出租车，我便上前询问。

"先生，你家花园好漂亮啊！"我赞美道。

"谢谢啊！"那位先生很高兴地回答。

"这是您的出租车？"我问道。

"是的。"

"你晚上出车吗？如果我在凌晨叫车可以吗？"我问道。

"哦，我晚上不工作的，只白天工作半天。"那先生微笑着说。

看来跟我猜得一模一样。我看着他那低矮得快要陷进泥土里的小房子说："这是你的房子？"

"是的。"那位先生答道。

那房子夹在两旁邻居高大挺拔的房子中间，简直如同一棵瘦小的狗尾巴草夹在两头粗壮的母牛中间。

我真的很想问他："你的房子也有些年头了，那么低矮，难道你就没想着多挣点钱把它翻修一下，变得高大雄伟一些，住着也敞亮？你那么年轻力壮，正是挣钱的大好年华！"但话到嘴边硬是被我咽了下去。如果我说了，他肯定会说

▲ 社区诊所内部

我多管闲事,我家房子就算是陷进了泥土里关你什么事啊?澳大利亚福利较好,他们才不会想着加班加点多挣点钱,够吃够喝即可。后来在大街上看到一群出租车在排队等客,我专门跑上去问人家半夜是否载客。他们说只要打墨尔本出租车客服电话,都会有出租车服务的。好吧,看来我有点杞人忧天了。

我们每天照常在社区里散步,有天傍晚,我们刚锁好门准备去散步,一位华人邻居迎了上来,对我们说:"我注意到你们还没买车,如果你们晚上去医院尽管来敲我家的门,我们可以送你们去医院。"听罢,我、塞布瑞娜和岳母甚是感动,但我们不愿意给别人添麻烦,能自己解决的还是要靠自己。

这位华人邻居来自大连,她老公在读高中时就来了澳大利亚,后来一直在澳大利亚发展。她来澳大利亚留学读硕士学位,毕业后在墨尔本工作生活跟老公相

▲ 我们经常散步的街道

遇，然后开启了幸福美满的生活。一聊才发现她硕士毕业的院校跟塞布瑞娜是一个学校、一个专业，仅仅比塞布瑞娜晚了一届，真是有缘。

我发现，在澳大利亚待得时间长了，人都变得非常善良单纯，总是会发自内心想帮助别人。例如，我家门前的草坪很久没剪了，杂草丛生。有次我们逛街回来发现草坪被剪得整整齐齐，原来是邻居实在看不下去了就帮我们修剪了草坪。我们也把这种关爱传递下去，在社区拐角处住着一对行动不便的老夫妇，我们也会帮助他们把垃圾桶推到路边倒垃圾……

小平果准是个小淘气，已经过了预产期还迟迟不肯出来，还在塞布瑞娜的肚子里一蹬一蹬的。澳大利亚的医院鼓励顺产，剖腹产在比较极端的情况才会使用。

又过了十天，塞布瑞娜开始出现阵痛，我们是第一次生孩子，没太多经验，晚上塞布瑞娜疼痛难忍时我们赶快给医院打电话，医生说还不需要来医院，要耐心等候。凌晨塞布瑞娜疼痛难忍，我们呼叫了优步打车，优步司机准时赶到。我们冲到医院，医生为塞布瑞娜做了检查说还要再等等，我们只好回家。第二天晚上，宫缩频率加快，我们又打了优步去医院，这次医生做了全面检查，准备生产了。

我注意到产房只有七个，便杞人忧天地问医生："整个医院才七个产房，万一产妇过多不够用怎么办呢？"

"不可能不够用的，我们都是排好了计划的，从来没出现不够用的情况。"医生笑呵呵地说。她看我眼神有些惊讶，她心里肯定在想，这个人问的问题怎么这么奇葩呢？

好吧，这是墨尔本，人口稀少，不是北京。

塞布瑞娜被推进产房，我和岳母紧随其后也进了产房。塞布瑞娜深呼吸着来减轻疼痛，但依旧疼得满头大汗。我和岳母都心疼不已但又帮不上什么忙，只好不停地安慰塞布瑞娜，帮她擦拭额头的汗水。

分娩能产生最高级别的疼痛，是世界上最疼的一件事。

我们一开始就要求无痛分娩,但那天是个周末,麻醉师忙不过来,过了几个小时后才过来打麻醉针。他先问了一些情况,诸如身体感觉之类的。在他准备各种器械时,我们跟他聊了聊。

"将来我家小朋友长大了,我们也希望他做医生。"我说道。

"为什么要做医生呢?"他问道。

"医生是天使,救死扶伤,在你们的心中藏着天使的翅膀,张开翅膀用爱的羽翼呵护每一位病人。你们奉献着温情和关爱,换来无数病人的幸福和健康,换来千家万户的微笑与感谢。医生多么伟大啊!"我十分肉麻地说了这番话。

"哈哈哈,听你说完,我立刻感觉我的背后长出一对翅膀来。我们可没你说得那么伟大,我觉得医生就是一个职业,一个平凡的职业,一个谋生的职业而已。"麻醉师很谦虚地说道。

"平凡中孕育着伟大和崇高,你们是夜空中最闪亮的星星,由于你们伟大的精神才塑造了这个完美的世界。"我继续很肉麻地给他戴高帽子。

我当然知道医生是个平凡的职业,但也心知肚明医生在澳大利亚是个非常棒的职业,收入颇丰,社会地位良好,我怎能让他知道我如此物质,如此接地气呢?

我很快跟麻醉师打成一片,无所不聊。我有那么一丁点小八卦,虽然澳大利亚人聊天从来不谈及自己的收入等隐私问题,但最后还是拐弯抹角地摸清了麻醉师一年的收入,居然有200多万澳元,简直是分分钟震碎了我的三观,而且值得一提的是他现在还是单身!(我仿佛听到许多单身女生在尖叫。)

注射完麻醉药,塞布瑞娜感觉不到疼痛了,小睡了一会儿。那时正值夏天,但那晚墨尔本居然下起了冰雹,噼里啪啦地打在窗户上。每过一段时间,就会有医生过来观察情况,一位50多岁的主任医生给塞布瑞娜拿来了厚毯子,因为在注射完麻醉药后,全身会觉得非常寒冷。

又过了几个小时,小平果终于快要出来了。几个医生、助产士各就各位。我

站在塞布瑞娜旁边,紧紧地握着她的手,鼓励她用力再用力。医生和助产士们也非常和善地鼓励她。岳母站在角落里,很是心疼塞布瑞娜,情不自禁地抹眼泪。还好,小平果顺利出生,母子平安。

小平果哇哇大哭,医生把他抱过来放在塞布瑞娜身上让我们先亲一会儿,看到浑身红彤彤的小平果时,我们的眼泪一下子流了出来,那种感觉相当复杂,暴风雨后的欣慰和满足是旁人难以体会的。

当小平果被抱去清理时,我一直紧紧地握着塞布瑞娜的手。在这个时候,妈妈是最需要关爱的。有很多家庭,在看到宝宝出生后,立刻围着宝宝而把精疲力尽的妈妈扔在一旁,导致妈妈内心十分失落。

我紧紧握着塞布瑞娜的手,轻轻地吻她的额头,悄悄地跟她说:"老婆,你辛苦了!"为母则刚,41周的艰辛,48小时的煎熬,终于平安度过。直到塞布瑞娜说你去看看小平果吧,我才走过去。医生正在擦去孩子身上的脏东西,小平果踢着小腿,哇哇大哭,很是可爱。小平果,欢迎来到这个精彩的世界,爸爸妈妈爱你,希望你健康平安、幸福快乐地度过每一天!

小平果被包好后,我推着他去做体检,小平果睁着小眼睛看着我,我的心都融化了,爸爸就这样注视着你,一分钟也不愿意离开!

称重、量体温之后打预防针时,一个澳大利亚男护士试了好几次都没扎到血管,让我心疼不已,我当时特别想说:"你这种水平要是在中国早就被开除好几次了!"出于涵养,我硬是把这句话给吞了下去,只是用眼神和表情告诉他我很生气。后来医院只好调换一位印度医生来扎针,一次就好了。自此我对印度人的感觉立刻大变,再加上今年又连续看了几部以爱和尊严为主题的印度电影,例如《起跑线》《嗝嗝老师》《印度合伙人》等,让人惊喜,自此对印度这个国家的印象大为改观。

我们在医院里住了五天,医院提供一日三餐,所有一切都是免费的,但澳大利亚孕妇餐不太合口,每天岳母做饭,我负责送饭。其他时间我就目不转睛、

不知疲倦地注视着熟睡的小平果,内心深处是满满的幸福。

澳大利亚人的体质跟中国人完全不同,她们不需要坐月子,生完孩子就开始吃冰激凌,洗澡,出门交际,样样不受影响。医院里的产房和妈妈宝宝们的休息室都是大开着空调。我看到当地的一个爸爸正在给自己刚出生的宝宝打吊针,头顶的空调大开着。

医院对妈妈和宝宝们照顾得挺周到的,晚上宝宝大哭,妈妈可以喊护士过来把宝宝推走去照顾,妈妈们可以好好休息。但我发现澳大利亚人在照顾小孩子这方面太简单粗暴了,不像我们中国人那样细腻。当妈妈和宝宝们都在休息时,一位医务人员在走廊里弄一个机器,咚咚作响,明显把宝宝吓了一跳,我赶快制止了她。

护士给宝宝换尿布时直接把宝宝扒了个精光,我说室内有空调,温度这么低,你不用把宝宝的上衣都脱掉,这样容易冻着宝宝,用手往里边掏着换就行了,一边说一边给她示范。

"我可是从×××护士学校毕业的,很专业的。" 护士瞪大眼睛很认真地说。

"噢,那的确是所非常知名的护士学校,但毕业生的成绩有五分的,也有三分的。"我开着玩笑,笑嘻嘻地说。

她瞪大着双眼,一副很无奈的表情,耸了耸肩,心里肯定在说:"你真是个事儿爹!"

我发现生完孩子后母爱和父爱会立刻泛滥成灾,尤其是像我这种非常谨慎、心细如发的人。一位护士把小平果推去打预防针,我紧跟其后。小平果正在哇哇大哭,一位年长的女护士走了过来,跟我说:"你可以这样,戴着干净的手套把手指放在他嘴里让他吮吸,他就不闹了。"她一边说着一边示范。

"怎么可以这样骗孩子呢,我们应该从小就教育孩子做个诚实的人!"我跟她开玩笑说。那位老护士瞪大眼睛看着我……

另外一位护士给小平果洗澡,先把小平果全脱光了,就那样晾在那里,然后才开始调水温,小平果打了个喷嚏,我赶快又把他包了起来,跟那位护士说:"你应该先调好水温再给宝宝脱衣服的,这样先晾着很容易感冒的。"

文化差异,体质差异,照顾孩子的方式也就不同了。

医院给我们发了几张表格,有出生证明申请表、福利申请表等。在澳大利亚申请证件非常简单,只需要填写信息即可。因为我跟塞布瑞娜是在北京注册结婚的,之前我一直想着是不是得提供结婚证原件和复印件,不然怎么给宝宝申请出生证明啊。后来才发现,在澳大利亚一切都非常简单,仅仅填写一张表格即可,没人看你的结婚证,更不需要复印件。

澳大利亚的生育福利非常齐全,涵盖各个阶段,父母养儿育女不必有太大担忧。申请表里的福利五花八门,有家庭税收减免福利、带薪产假、父母补贴、新生婴儿补贴等,让人真真切切地感受到政府对婴儿的爱护和关心。而且生孩子涉及的所有费用全都免费,从塞布瑞娜怀孕到生产、产检、生产、住院饮食、药品、婴儿出生后的一系列健康检查等都不用花钱。医院没有烦琐的手续,一切都很简单。

前几年,政府会在宝宝出生后发放几千澳元作为奖励,近几年由于每年都有上万难民涌入澳大利亚,为了救助这些难民,澳大利亚政府削减了本国公民福利,撤销了出生奖励金,每周只给小朋友发放牛奶金,一直发到18岁。不过,西太平洋银行还是给了我家小平果200澳元作为欢迎奖励。

虽然澳大利亚的生育福利非常齐全,但并不意味着所有福利都可以申请,澳大利亚福利的原则是保护弱势群体、低收入群体的利益,各个家庭根据收入情况来申请适合自己的福利,收入越高,能够申请的福利越少。澳大利亚接收移民的原则是移民的贡献大于移民所获得的利益,其他发达国家也是如此。像费奇那样的人,移民时纠结着到底选择加拿大还是澳大利亚,其实完全没有必要。他那样的人无论移民到哪里都是要交税的,只需考虑税收政策即可。

▲ 沃尔沃斯超市每天都有免费提供给儿童的水果

在澳大利亚怀孕生产的过程是比较舒心的。塞布瑞娜从开始怀孕到产检再到最后生产，完全没有一丝不安的情绪。妇产医护人员都很友善，对孕妇讲话柔风细雨，会主动与孕妇互动、安抚孕妇的情绪、鼓励孕妇顺产，孕妇完全可以很自由地跟医生沟通交流，让人感觉很轻松、有安全感。塞布瑞娜生产过后，之前的助产士丽莎打来电话，询问生产的情况，让人感到十分暖心。

五天之后我们带着小平果回家了，给他布置了婴儿床，看着小平果呼呼地

▲ 中国狗年风格的出生证明

熟睡，我们的内心深处是满满的幸福。

回家后的一个月内，每周都会有助产士来到家里检查小平果和塞布瑞娜的身体情况，给小平果称称体重、量量身高等，检查家庭环境是否适合养孩子。我们把婴儿床紧贴着我们的大床，为了方便抱小平果，我们就把婴儿床一边的护栏拆掉了。助产士看到拆了一边护栏的婴儿床说那样非常不安全，一定要把护栏装上，我们说会装上的，但那位助产士不愿离去，在她的监视之下我们又装上了护栏，她这才满意地离开了。

澳大利亚是个对妇女儿童非常关爱的国家，第一大型超市沃尔沃斯每天都会有给儿童的免费水果。

第二年，我们的第二个孩子小星星在同一家医院顺利出生了。这一次一切都是轻车熟路，非常顺利。值得一提的是，出生证明可以申请成"狗年风格"的背景，澳大利亚是个多元文化的国家，中国文化对澳大利亚有着深刻影响，那年是狗年，所以出生证明就设计成了中国的狗年风格。

经历过生孩子，我们明白和理解了很多东西。如果你是一位子女，希望你能理解母亲的辛苦，在有限的日子里给她更多关爱。如果你是一位丈夫，希望你能对妻子更加关心呵护，与她共同为孩子撑起一把保护伞，共同创造美好的幸福生活。

塞布瑞娜、小平果、小星星，我很幸运在最美好的时刻遇到你们。

▼ 可爱的小星星

▼ 送朵花给妈妈，我是懂事的小平果

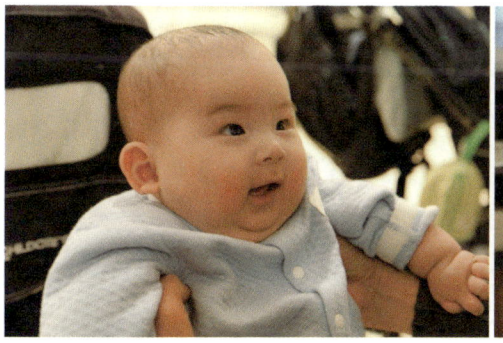

吴师傅方便面

在澳大利亚生活,剪头发这种在国内稀松平常的事情却是让人十分闹心的。每次头发长得不得不剪时,我就会心神不宁、狂躁不已继而不知所措。中澳审美观念十分不同,澳大利亚理发师往往不太会剪中国人的头发,剪出来的形象简直能让人喷血三升!澳大利亚的理发师毁掉了多少个来自中国的小鲜肉和大美女啊!

发型是塑造形象的点睛之笔,对于爱美的人来说,等同于美图秀秀的磨皮功能。

澳大利亚的价值体系中有一道非常独特的风景,那就是蓝领阶层文化底蕴。"劳动最光荣"在澳大利亚人的价值观里被体现得淋漓尽致,作为体力劳动者的澳大利亚理发师收入相当可观,精神状态和生活状态是相当的饱满和幸福。据调查,澳大利亚女人觉得从事体力劳动的男士很帅,很男人。据说澳大利亚妇女认为坐办公室的男同事娘娘腔,更愿嫁给木工或者理发师。澳大利亚第一位女总理吉拉德的男朋友就是一位理发师。

所以在澳大利亚剪头发是相当昂贵的。由于亚洲人的发质相似,韩国人、日本人开的理发店跟华人店的技术水平不相上下,但性价比较华人店更胜一筹,华人店的理发水平普遍低于国内。澳大利亚当地人开的理发店是最贵的,像墨尔本市中心区域,男生理发一般要50澳元,女生的染、烫、拉直一般在300澳元。换算成人民币就是250元和1500元,简直是一剪值千金!不过剪出来的头发看起来也的确很像"二百五"的!在北京我理一次发仅38元,而且还能十分矫情地对理发师挑三拣四。在墨尔本也有便宜的理发店,十几澳元,但剪出来丑得可能连你老婆都不认识你了。

我在来澳大利亚生活前,曾在西班牙语国家工作生活过很多年,早就知道"老外"不太会理中国人的头发,剪出来的发型要多难看有多难看,所以早就对"老外"理发师不抱任何希望。但是在墨尔本大街上,分明看到很多帅哥美女的发型相当不错,有个邻居的发型尤其好,人也显得特别帅,绝对是发型广告的现实版。问了他理发店的地址,我揣着没准能碰上一个好理发师的美梦坐在了理发椅上。

理发师问我想要什么发型,我跟他说得十分清楚,剪得跟他的一模一样就可以了。他给我围好围布,直接开始剪了,也不先洗一下。他挥动着剪刀、电推子、木梳在我头上飞舞着。他的剪刀很钝,每剪一下,感觉都像在拔我的头发。20分钟后,我戴上眼镜,欣赏着这位理发师的"伟大杰作"。天哪!简直是毁容!在中国这种水平的理发师是要被索赔的,感觉澳大利亚的理发师太容易赚钱了!分分钟50澳元便到手了!最可恨的是理发师丝毫不觉得自己的技术水平有多差,没有一丝的愧疚感,恰恰相反,他笑嘻嘻地看着自己的杰作——我的发型,满脸自信,还拿着镜子让我前后照着看,并且自恋地说:"瞧瞧,比刚才好多了吧!"

好吧,人若自恋,天下无敌!幸好在此之前我已有了心理准备,所以也就没有大惊小怪,我当时的感觉只是无奈,那发型是我有史以来最难看的一次。最要命的是,后来见到熟人,他们总是不忘说上一句:"哎哟,你理发了。"哪壶不开提哪壶。我特别会安慰自己,澳大利亚人的头发细软发黄如同棉花,中国人的头发乌黑发亮硬如铁丝。对于剪惯了细软头发的澳大利亚理发师,很难把这堆"硬铁丝"理顺当。就好像纺纱厂纺细纱的女工,你让她去钢丝厂拔钢丝,她准给你拔出一堆废铜烂铁。好看的发型就让它永远停留在理发店的橱窗上。

在国内,我一般两周理一次发,到了这里,我尽量忍着,每两个月才理一次。第二次理发,是在逛澳大利亚最大的购物中心查德斯顿时,看到一家理发店的橱窗上挂着一位中国模特的图片,发型棒极了,十分面熟,一时没想起来他的名字。我一时来了兴致,再加上刚刚走出来的顾客发型理得相当不错,我再次揣着美梦坐在了理发店的椅子上。然而,理发师好像突然丧失了技能,他把我后面

▲ 一家理发店

留得很短，前面留得很长，我想这种理发师绝对是前无古人后无来者。我十分生气，并把他数落了一番。谁知他半开玩笑地说，他在给我理发时，突然迸发出灵感，就在我的发型里加入了主观的艺术想法，还责怪我不懂得审美！后来我终于想起来那个挂在洗发店橱窗里的中国模特了，是周润发。老外也真是精明，居然知道挂个中国帅哥来招揽生意！

　　好吧，我真服了这些澳大利亚理发师了！在澳大利亚，很多理发师都自恋地认为自己是艺术家，所以入乡随俗，我们这些顾客也自然地把他们当作艺术家，头发被搞成一堆"乱铁丝"也情有可原了，那堆"乱铁丝"是艺术，不是发型。

我是乐观主义者，又开始安慰自己了，如果你让一个做惯了糖醋排骨的大厨师突然改行来做北京烤鸭的话，他肯定会条件反射地往烤鸭上浇糖汁。就像澳大利亚人吃中国水饺时，总是傻傻地往水饺上刷奶酪。自此以后，我对理发彻底绝望了！

来澳大利亚留学的亲戚说，他们留学生都是互相帮忙理发，实属无奈之举！看到微信圈里一个在悉尼的中国朋友晒的他老婆给他剪头发的照片，硬是把他从老腊肉变成了小鲜肉！简直是太棒了，对我们自己动手剪头发是种极大的鼓励。我跟塞布瑞娜也打算互相给对方剪头发，既经济又实惠！

其实女孩儿的头发挺好处理的，拿着大剪刀照着齐肩的地方两剪刀下去就解决问题了，但一到澳大利亚理发师手中，小鲜肉一出来立刻成了老腊肉，美女也成了丑小鸭。相比之下，与其花上大把钞票让澳大利亚理发师搞成一堆乱麻，倒不如不花一分钱让我这个临时理发师处理一下，运气好的话，没准能达到专业水准。搞不到北京烤鸭，用"吴师傅方便面"凑合着也挺好。在塞布瑞娜的极力怂恿下，我十分自信地拿着一把大剪刀，照着塞布瑞娜齐肩的部分咔嚓咔嚓两剪子就完工了，然后把她的刘海剪得齐刷刷的，重新把塞布瑞娜变回了女学生的模样。拿着镜子照一下，好像只比澳大利亚师傅剪得好那么一点点。毕竟是方便面嘛，哪有北京烤鸭那么好吃！我安慰塞布瑞娜道："澳大利亚人的审美跟中国人可是截然相反，中国的美女对于肤浅的澳大利亚人来说是欣赏不了的。你绝对是倾国倾城的类型，但不符合他们的口味，而我这一剪刀下去正好歪打正着，把你剪成他们欣赏的类型了。明天你走在大街上，定能引爆回头率。"塞布瑞娜听后心花怒放。

看人的发型，主要从前面看，而刘海成了关键。剪刘海的水平高低最能体现一个人的技术水平。时间飞快，不久我剪发的水平炉火纯青了，从最初的只会剪齐刷刷的刘海，到空气刘海、人字刘海、斜刘海等，统统不在话下。再加上层次感、有弧度等高难度技术，我完全可以跟专业理发师并驾齐驱了。

澳大利亚生活，生生把大家逼成什么都会干的超人了！

 **令人惊叹的澳大利亚夫妇**

在澳大利亚，大人会在孩子很小的时候就开始培养他们的动手能力，修个房子、补个家具、剪个草坪、养个花等，凡是能自己动手的，都不会花钱来请人帮忙。原因有两个，一是澳大利亚的人工成本出奇的贵，二是澳大利亚人认为在劳动中可以享受乐趣，自力更生，丰衣足食。

以前在微信圈里流行着一个视频，一位澳大利亚小哥儿，独自一人生活在孤岛，自己动手钻木取火，自己伐木建造房子，自己动手制作木船，那动手能力简直是无敌了。

澳大利亚最令人震撼的不是各户人家的房子有多漂亮，而是各家各户车库里那丰富齐全、琳琅满目的各类工具，简直能开个修理厂了，好像澳大利亚人随时要修补房子、车子及家里的一切似的。

那天，我们在宝贝邦亭买了儿童餐椅和安全座椅，商店不提供安装服务，我质问店员："为何不提供安装服务，难道你们不知道顾客就是上帝吗？"

"因为如果一旦出了事故，不好判定究竟是在安装座椅时没有安装好造成的事故，还是安全座椅自身的质量造成的。"店员振振有词。

这个理由太奇葩了吧！感觉他们挣钱太容易了，我跟他们说像你们这种不提供安装服务的店要是放在中国早倒闭了！

"所以我们是不会去中国开连锁店的。"店员强词夺理地说。

好吧，我也无语了……

我在车后座上琢磨了老半天也没搞定安全座椅，塞布瑞娜动手能力极强，实在看不下去了，一把将我拨到一边，三下五除二就把安全座椅稳稳地固定在了

汽车后座上,让我佩服得五体投地。小平果的婴儿床也是塞布瑞娜组装起来的,她太厉害了!我心中一阵窃喜,看来当年娶到塞布瑞娜真是中了大奖。

塞布瑞娜是明代开国将军徐达的嫡系后代,传承了徐达的基因,动手能力极强!

回到家中,在塞布瑞娜的感染下,我试着把儿童餐椅组装了起来,最终真给搞定了,心中顿时充满成就感。真是个里程碑式的进步!

在我们家,男士们普遍动手能力很差,而女士动手能力相当厉害,岳母的动手能力也很了得。我们想换大门的锁,在澳大利亚换个锁收费约合1800元人民币,简直就是抢劫。岳母买来锁,硬是自己动手把锁给换好了,立刻省了1800元,简直是太棒了!

我们比较爱折腾,对之前的那两张床不太满意了,就打算处理掉。如果直接拆了扔在大街上就太可惜了,也不太符合我的价值观和风格,我是个"拜金主义者",所以打算把这两张床挂在澳大利亚二手家具交易网上卖掉。

澳大利亚人一直拥有勤俭节约的好习惯,他们热衷于变废为宝,喜欢淘二手货,之前看过一篇新闻报道,就连前总理艾伯特也买过二手冰箱,我们这些普通人就更应该节约了。

澳大利亚人非常矛盾,一方面保持着勤俭节约的好习惯,一方面又有着共享物品的风俗,自己用不到的东西立刻扔到社区的大街上,给需要的人用。所以在社区里能捡到的东西五花八门,我们捡到过两个篮球、一个橄榄球、一个排球、若干崭新的玩具、三个婴儿小推车、三个自行车、崭新的婴儿小床、若干九成新的家具、修剪草坪的工具等。如果你乐于捡东西,还能捡到电视机、洗衣机、烘干机、电烤箱、行李箱等意想不到的东西,总之能捡到的东西简直是太丰富了!

一部分墨尔本人热衷于扔东西,另一部分墨尔本人却热衷于办跳蚤市场。

社区福利中心的前面有个大停车场,悠闲的墨尔本人每周末都会在那里摆地摊搞跳蚤市场。当地人把用不到的东西，图书、杂志、工具、衣服、盘子、装饰品等各种让人意想不到的东西作为二手货品拿来卖。摊主们悠闲自得，心态特别好，在他们看来有没有人买不重要，摆地摊儿仅仅是一种娱乐方式，用来打发时间。逛跳蚤市场的人络绎不绝，有人居然是开法拉利跑车来的。跳蚤市场是我最喜欢逛的地方之一，看到悠然自得的当地人，自己也会被他们感染。

虽然我热衷于逛跳蚤市场，但是我可没那么大力气把我家那两张床搬到市场上来卖，所以直接挂在了二手家具交易网上。

不出一个星期，我收到几个信息说有人很感兴趣，周末过来看完实物就可以成交了。

到了周末，来了一对华人夫妇，他们移民澳大利亚前在北京工作生活，丈夫是做IT工作的，妻子做财务工作，30多岁，他们通过技术移民来到澳大利亚。

他们看上了其中的一张床，由于我们是半个老乡，我就以非常低的价格卖给了他们。男生开始拆床，女生就站在旁边跟我们聊天。

那个男生分明没干过什么体力活，不知从何下手。我建议他先把螺丝拧下来，然后把木板一块一块拆下来，这样方便装车。他立刻竖起大拇指对我佩服得五体投地。拜托！不用开动大脑就知道应该先把螺丝拧下来吧？这是最基本的常识，我真是服了他了。本来我以为自己的动手能力是最差的，看来这世上还有比我的动手能力更差的。没有最差，只有更差。

男生在房间里挥汗如雨地拆螺丝，女生站在客厅里跟我们聊天，没有去帮忙。可以理解，从国内过来的女孩子不太可能会有动手能力的。

"你们来澳大利亚多久了？"我问道。

"快一年了。"女生回答道。

"当初为什么要移民来澳大利亚啊？"我随口问。

"我们原来在北京工作时几乎没有任何业余时间，我老公原来在互联网公司做IT工作，没日没夜地加班，周六日也加班，他们老板经常画大饼，总说公司

▲ 跳蚤市场

上了市就怎样怎样，经常拿着一个漂亮的PPT到处给投资人讲公司未来的宏伟蓝图，后来融到资后老板自己去买了别墅、豪车，员工们还是累死累活的。"

女生喝了一口水，继续滔滔不绝："我曾在大数据公司做财务工作，也经常加班，而且我年纪也不小了，想要个孩子，这种日子实在没有任何意义，所以我和老公一商量就决定移民澳大利亚了。"

"国内上班时间普遍较长，而且无法做到工作和生活分开来。"我安慰她道。

大概是因为来了澳大利亚不常接触华人同胞的缘故，那个女生有着很强烈的表达欲，再加上澳大利亚生活相对比较单调，以至于她说起话来像打机关枪，而且毫无顾忌地把隐私都抖了出来。她活脱脱就是电影《芳华》里的郝淑雯。

"都说澳大利亚缺会计，从事会计工作最好找工作，结果移民过来后才发现遍地都是会计，中国留学生学得最多的专业就是会计，十个留学生九个学会计的，还剩最后一个半路也转专业学会计了。"她继续说着。

"那你现在还在做会计工作吗？"我问道。

"我还没找到工作呢，从事会计工作的人太多了。我来澳大利亚后先在一家华人开的公司里做会计，结果比在国内工作时加班还多，工资还没国内的高，后来一气之下就辞职了，现在都找几个月了还没找到合适的工作。"女生愤愤地说。

"情况没有那么严重吧？实际上会计工作还是挺好找的。一般亚洲人开的公司都会加班，很辛苦，而且工资不高。在澳大利亚本土人开的公司里情况要好很多，他们基本上不加班，我有个中国朋友在澳大利亚人开的公司工作，非常敬业，经常自觉地加班，结果被开除了，因为他违反禁止无偿加班的规定，澳大利亚劳动法明文规定要求每分钟工作都是有偿的，只要员工在工作，公司就必须付薪。老板担心违反劳动法惹上官司就把他开除了。所以尽可能去澳大利亚本土人的公司工作。"我安慰她。

"啊!还有这事儿?"她非常惊讶。

"你有澳大利亚CPA(注册会计师资格)吗?"我问她。

"没有。"女生满脸的失落。

"这就是问题所在了,澳大利亚当地的公司还是非常看重澳大利亚的CPA证书的,有CPA证书,起步年薪10万澳元。另外他们对英语要求也很高,我们以前在国内时,英语八级或者雅思7.5分就觉得英语水平相当不错了,但实际上这个水平放在澳大利亚仅仅相当于八岁儿童的英语水平,当地企业不太可能录用一个英语水平仅仅相当于儿童的理解力的候选人的。英语越是接近于母语水平越容易找到好工作。换位思考一下,在北京,你面试一个来自澳大利亚的候选人,他连普通话都说不好,甚至理解起来都有很多障碍,你还会录用他吗?"

"这倒是个问题,我移民时雅思考了6.5分,还算可以的了,我老公到澳大利亚三个月就找到工作了,他的英语水平比起我的差远了,但因为他继续干IT工作,不需要怎么交流,能看懂英文就可以了,所以比较容易找到工作。"女生说道。

"有时候我都在怀疑我们移民澳大利亚是对是错,当时在北京我们的工作已经相当不错了,我老公在他们公司是技术核心,虽然老板经常说要上市,最后却没成功,但我老公毕竟是核心员工,也有点原始股,分分钟都能感受到自己在公司的受重视程度。我也在公司做到财务总监,但到了澳大利亚,我们都得重新开始,虽然我老公继续重操旧业从事IT工作,毕竟有职业天花板,但比起其他移民朋友已经好多了,很多人在国内的工作经验不被承认,只好改行从事体力工作。如果我们继续在国内发展的话,天天加班加得昏天黑地的状态实在让人忍受不了,这是我们决定移民来澳大利亚的最大原因。相比之下还是比较喜欢澳大利亚的蓝天白云、干净的空气、安全的食品,有得有失吧。"女生说道。

"是的,有得有失。"我安慰她道。

我们正说着话,突然听到"轰隆"一声响,我们赶快冲进卧室去看。原来她老公只顾卸螺丝,不知道用手扶着,床一下子就散架了。她老公看着大家,很无奈地耸耸肩,动作像极了澳大利亚人!

不管怎样,她老公终于把床给拆开了,但是拆得一大块一大块的,怎么看都觉得有点别扭。然后我帮他把这些东西抬到他们车前。

他们开的是一辆硕大的面包车,这些东西将就着被装了进去,如果拆卸科学合理的话,车里应该能装下更多东西。

送走他们我想,实际上很多人在移民这条路上走得十分纠结。据澳大利亚移民局统计,超过60%的技术移民会在移民后第一年由于无法适应新环境而放弃永久居民身份重回国内发展。

大家公认的最适合移民的有三类人。一是在国内年收入偏低的体力劳动者。澳大利亚是个对蓝领阶层十分尊重的国家,国内的蓝领到了澳大利亚大有可为,工资待遇和福利提升了一大截,他们在这里会乐不思蜀。二是在国内已经实现财务自由者。这个群体在澳大利亚可以十分从容地买个产业,开启新事业,例如费奇那样的人。但费奇在跨文化交际能力方面几乎为零,所以在澳大利亚生活起来也遇到各种不顺利的事情,毕竟熟悉的环境和人脉资源都在国内,精神上会相对空虚。三是英语接近于母语水平,跨文化交际技巧十分娴熟的国际化人士。这种人无论在北京还是澳大利亚都能找到不错的工作,生活得相当潇洒。例如我的一位女同学,语言天赋过人,又十分勤奋,大学毕业后去了联合国做同声传译,词汇量高达12万,远远高于英语母语人士平均3.5万的词汇量,后来她转型去华尔街做投行,在美国买了多套别墅。

最不适合移民的恰恰是刚才买床的那位同胞。他在国内已经混得出人头地、小有成就了,移民后到了新环境一切得重新开始。国内的人脉和资源在澳大利亚无法施展开,患得患失,最后甚是纠结是留下还是回国发展,很是无奈。

后来又来了一对金发碧眼的澳大利亚小夫妻,他们看上了另外一张床。称他们为小夫妻好像不太准确,虽然他们看起来30岁出头,但已经有三个孩子了,

生产效率很高。老大、老二和老三的岁数相差很小,老大五岁、老二三岁,都是男孩儿,老三一岁多,是女孩儿。

澳大利亚普通幸福家庭是这样的:有一栋房子、一辆大车,车门一打开,跳下来三四个活蹦乱跳的孩子。

土生土长的澳大利亚人照顾孩子的方式简单粗犷,不像中国人那样精细化,家长们都围着孩子团团转。截然不同的教育方式,造成了孩子们截然不同的行为方式。

那对澳大利亚夫妇把三个孩子留在客厅里放任他们自己玩耍,夫妻俩一起动手去拆床。岳母放心不下,便在客厅里帮他们照看孩子。

三个小孩子玩得相当开心,家里来了小朋友,小平果也好开心,跟他们一

▼ 澳大利亚普通家庭:一栋房子、一辆大车,再养几个孩子

起玩。

玩着玩着，一岁多的小女孩儿看不到妈妈就开始焦虑地哭泣，五岁的哥哥非常懂事地一会儿抱抱她，一会儿又亲亲她的额头安慰她，说妈妈在帮爸爸干活，一会儿就来抱你了，先跟哥哥们一起玩啊。三岁的小男孩儿也拉着妹妹的手安慰。

看到如此懂事的小男孩儿，我、塞布瑞娜和岳母的心都化了。我们一定要生二胎，如果生了女儿，将来一定要嫁给澳大利亚家庭里的老大男孩儿！

不到十分钟，他们已经把床拆卸完毕，各种部件堆放得整整齐齐，地上也被打扫得十分干净，然后装车，一切井然有序。他们开的是SUV，装完车还留有空间，真是让我们见识了他们高超的装车技巧和动手能力。

送走这个澳大利亚家庭，我想了很多很多，我们带孩子、培养孩子的方式真应该参考一下澳大利亚人的方式。

水管工的幸福

自从来到澳大利亚之后,我大多数早上都能睡到太阳高照,在一片鸟语花香中醒来。睡觉睡到自然醒,那是人生最大的幸福。

一天上午,我在签售《我心安然是幸福》这本书,这本书累计卖掉上百万册,我正在读者见面会的现场跟各行各业的读者朋友们交流互动,见面会现场座无虚席,现场彩旗飘飘,锣鼓喧天,人山人海。发行商对我哈着腰,满脸堆着笑,多家出版社的代表也争相要签约出版我的另外两本书《我在南美边教汉语边旅行》和《奔放在地球的反面》。

当我正沉浸在读者朋友们的鲜花和掌声中而无法自拔时,突然听到"咚咚咚"的一阵机器响声,一下子把我从美梦中惊醒了,原来我做了个春秋大梦。可以想像我当时的心情是多么的沮丧啊!我躺在床上,盯着天花板,心中十分不悦,睡觉睡到自然醒是我到澳大利亚后活出来的新境界,被吵醒了自然十分不悦!而且又是从读者见面会的现场拉回到现实生活中,多么残忍!

不过从心理学上讲,适当地做做白日梦还是非常有利于身心健康的!

我翘首窗外,原来是一位水管工正拿着一把钻头在作业。我突然想起来前几天市政上来通知说最近要对管道进行维修,会导致社区住户用水不便,并挨家挨户送了很多水,澳大利亚市政在这方面还是比较贴心的。

都说澳大利亚是个非常崇尚体力劳动的国度,水管工内心深处是否真的感觉非常受尊重,生活是否真的幸福?我灵机一动,打算和他聊聊,要把握住与当地人交流的绝好机会。

于是,我从床上一跃而起,冲进厕所,也顾不上看马桶里是否有条蛇在睡

觉，匆忙上完厕所，然后冲了杯咖啡，就端着咖啡出现在水管工的跟前。

"老兄，这么早就开始工作了？来，喝杯咖啡休息一下！"我笑呵呵地打着招呼，递上咖啡。

"您好啊！"那位水管工从地上站了起来，放下工具，接过咖啡，跟我站在大树下开始聊天。

"您住这里？"他好奇地问道。

"对的，就住这里，你刚才在我的窗户下面作业，把我从梦中吵醒了，我

▼ 明媚的阳光静悄悄地照着大地

正在做一个春秋大梦。"我假装埋怨他，并把梦中的情境描述了一遍。

"啊，真抱歉。"他满脸歉意地说，"您是作家？"

"哈哈哈，我哪里是什么作家啊，所谓作家，就是从事文学创作有成就的人，我这仅仅是兴趣爱好，把自己的经历写成三五篇文章自娱自乐一下，完全不能称为作家的。当然了，你要是坚持把我视为作家的话我也不反对。"虽然自己有点小自恋，爱飘飘然，但我对自己的真实斤两还是很清楚的，所以当我在天空中飘过一会儿后，还是会很自觉地落到地面上来的。

"那您是做什么工作的呢，为什么不去上班呢？"那位水管工问道。

是啊！我是做什么工作的呢？那位水管工突然这么一问真的把我给问住了。

我是做金融投资的，但最近几年，投资并购已经是一个被做坏了的行业。这是个鱼龙混杂、全民做投资的年代，就连我那之前开养鸡场、养鸭场的同学也都改行做投资了，所以我十分不好意思跟人提起我的职业。

让我们乘坐月光宝盒倒回到几年前的场景。

那一年，我回到威海，刚下飞机，在机场大厅。

"吴大利亚，吴大利亚！"突然，听到远处一位女士在喊我。

定睛一看，原来是我小学同学王大丫，她家是开养鸡场的，规模尚可，方圆几百公里内的鸡蛋、鸡肉都是她家供应的，后来产业链延伸，又开了养鸭场和养牛场。

王大丫大大咧咧地走了过来："回威海也不提前打个电话？幸好在机场抓住你了。"王大丫还是跟以前一样。

我仔仔细细、从上到下把王大丫打量了一番，多年不见，她成熟了许多，浓妆艳抹下显得颇有几分姿色，不过，她的眼睫毛一看就是假的。

"太巧了，居然在机场遇到你，我们已经很多年没见了吧？"我很惊讶地说道。

"可不是嘛！这次待多久，我们好好聚聚。"

▲ 布莱顿的街道

▼ 布莱顿商业区

"我就待一天,明天就返回北京了。"我说道。

"我一会儿飞北京,姐现在每个周末都会去趟北京,我们可以在北京聚。"王大丫兴奋地说。

"你家的业务做得好大啊,都发展到北京了?"我问道。

"哪里啊!姐现在在北京的铁道口上了个PE(股权投资)的培训班,每个周末上两天课,结识了很多投资界的朋友。"王大丫眉飞色舞地说。

"是五道口吧?"我问道。

"对对对,是五道口,都搞糊涂了,北京的铁道口太多了,反正那个PE培训班就在铁道口的边上。"王大丫有点小尴尬地哈哈大笑。

"你家的养鸡场开得还好吧?怎么想起学习PE了?"我很好奇地问。

"现在做实体多辛苦啊,哪有做金融轻松来钱快啊?大家有钱了都转金融做投资了,再说了,做投资可不仅仅是你们文化人的专利,我们稍加培训也能做得很棒!我们那个培训讲师原来是做房产中介的,现在是投资界的大咖,绝对的榜样。"王大丫说这话时颇有女侠风范,未来投资家的成功感已在她的眉宇之间荡漾开来。

原来王大丫家的养鸡场做到一定规模后,一直想IPO上市,资本运作一番,让财富快速递增,虽然最终未能遂愿,但在各色券商、PE投资公司的轮番洗脑下,王大丫萌发了转型做投资的想法,在她看来,这样既轻松又来钱快。

后来王大丫在北京找了个男朋友,据说是个"大人物", 离过婚,比她大将近20岁,但那个"大人物"始终不跟王大丫提结婚的事。

一次同学聚会结束后王大丫找我单聊,她抽着闷烟、喝着闷酒,跟我大倒苦水,大意是自己表面风光,内心的苦恼谁人知道呢?

王大丫说着说着泪水在眼眶里打转。

"别哭,别哭,你的假睫毛快要掉下来了!"我十分担忧地说。

"爱谁谁,草木一秋,人生一世,老娘死后,谁还管洪水滔天!"

不过王大丫最终还是实现了自己的梦想，在那位"大人物"男朋友的帮助下搞了个投资公司，据说做得风生水起，搞来了很多资金。这中间，王大丫来挖过我，但我感觉她非常浮躁，不靠谱，跟她不是一路人，道不同不相为谋，就婉拒了。

我再次见到王大丫是两年后了，那会儿她已经被某某机构评为女投资家，以投资大咖身份自居，顶着光环到处参加投资论坛演讲，一时间叱咤风云、风光无限。那个某某机构实际上是个只要给钱，就能把你的投资公司评为前十投资公司，再加些钱把你评为投资大咖之类的机构。

一天王大丫突然来找我，让我帮她写本书，主旨内容是讲述她的华丽转型，把她从一个养鸡场场主经过自身奋斗一步一步成为成功投资家的奋斗历程吹嘘出来。

"实际上就是用文学手法添枝加叶地写写乌鸡变凤凰的故事呗。"我漫不经心地说。

"看你说的，还文化人呢，怎么用这么粗俗的语言，请你帮忙写我的奋斗史！"王大丫一边说一边把一张银行卡推到我跟前，"不会让你白帮忙的。"

"老天，我的文笔那么差，万一一不小心，把你从凤凰写成了乌鸡可怎么办呢？你还是请个职业作家来写比较靠谱。"我开起了玩笑。

"不差不差，你来写最合适，我们是发小又是同学，你对我的成长背景还不了解吗？再加上你又是干投资这个行业的，各方面都能把握得很到位。"王大丫开始游说我。

不管怎样，我还是把这件事儿给拒绝了，因为非常不靠谱，另外我跟王大丫的价值观十分不同，不想跟她有任何瓜葛。

虽然我这人是个财迷，但还是非常讲原则的，君子爱财，取之有道。虽然拒绝了她，但财迷的心理让我很好奇那张卡里有多少钱，于是便问道："卡里有多少钱？"

"你都拒绝了还问多少钱有意义吗？"王大丫一边把卡往包里放一边说。

"好奇呗！"我回答道。

"20万。"王大丫说。

花20万就想让我吭哧吭哧写本书赞美你啊？可真够"大方"的！

我在心里暗暗数落王大丫。

我最后一次见到王大丫是在一年后的小学同学聚会上。

当时的王大丫开着玛莎拉蒂出场，浑身珠光宝气，身旁有个男士相伴，风光无限。她已经踢掉了之前的"大人物"男朋友。那个相伴在王大丫身旁的男士叫面首，面首看起来十分面熟，感觉以前在哪里见过。当同学们都在窃窃私语在哪里见过面首时，一同学惊呼："他怎么那么像广告"××肾宝片"里那个肾被掏空的男主角！"大家再一细看，还真是很像！

有两个男生，像花蝴蝶一般围着王大丫上下翻飞，溜须拍马，阿谀奉承之功夫发挥得淋漓尽致。王大丫很是享受这种被男人围着转的感觉，她非常擅长游走于诸多男生之间而游刃有余，很是为把男人玩弄于股掌之间而自鸣得意，因为她心知肚明，只要兜里有钱，就不缺各色男人。

同学聚会时的王大丫已经不满足做PE投资退出周期长的特点了，已经开始炒二级了，这样来钱才快，非常适合浮躁的王大丫。

那次同学聚会后我再也没见过王大丫了，据说她后来挥动着大镰刀乱割韭菜，遭到监管层的追查，她卷走了出资人的资金逃到国外，再后来听说她的财产被面首骗走了一大半。

虽然我非常不欣赏王大丫的价值观和所作所为，但毕竟曾经是发小又是同学，听到她后来的遭遇后多少还是有点不舒服。

金融投资圈就是这样被这些浮躁的人给玷污了，这就是为何我现在不轻易跟别人说我是做金融投资工作的原因。好在监管层及时出台相关政策和制度整顿规范金融投资行业，打击类似于王大丫那样的投机倒把之徒，使圈内得到净化和

▲ 布莱顿火车站

洗牌。

让我们重新回到我跟水管工的现场，回到水管工问我是做什么工作的问题上。

我的大脑转了几个圈，还是没想好我到底是做什么工作的。耳朵听到我的嘴巴不听使唤地说道："我是闲人！"

说完我自己都很惊讶。

"啊！"一丝异样的表情掠过水管工的面部。

"不不不，不是你想象的那种闲人，我可不是靠福利生活的人，恰恰相反，我们每年都没少缴税！"我赶快补充道，因为水管工肯定会误认为我是靠

▲ 墨尔本市内的电车

福利生活的人。

"哦，那是我想错了。"水管工笑呵呵的。

我打算把话题引到我感兴趣的方面："听说澳大利亚是个崇尚体力劳动的国度，据说水管工、木工、理发师、建筑工人收入都颇丰，是令人羡慕的工作。"我说这话时朝着水管工挤弄着眼睛，尽可能避免询问隐私话题而引起尴尬，在澳大利亚人们不谈收入，表面上会显得十分高尚。

"啊哈！还可以吧。"水管工笑呵呵的。

"您住在哪个地区啊？"直接问收入比较尴尬，还是迂回一点比较好。

"布莱顿，熟悉吗？"

101

▲ 随处可见的鸽子

▼ 墨尔本被称为艺术之都，处处彰显着艺术元素

"噢,当然知道,那里是海边的富人区,交通便利、生活丰富多彩、诸多色彩斑斓的精品店、名校林立。在中国,我们习惯把这种区叫作学区,那里开车去金融街仅仅10分钟。中国的一些明星也住那个区!"我如数家珍地罗列出一堆信息出来。

"噢,看来你对那儿挺熟的。"水管工说道。

我就这样很随意地跟水管工闲聊着,话语间获取了大量信息,把他的家庭情况摸了个底朝天。我发现自己特别有做侦探的潜质。

那位水管工叫安德鲁,今年36岁,年收入有20多万澳元(相当于100多万人民币)。他的妻子叫艾琳娜,跟他同岁,博士学历,是大学教授。安德鲁说到自己的家庭时,满脸洋溢着幸福和骄傲,还从钱包里拿出他的家庭照给我看。

那是一个非常幸福的五口之家。他的妻子艾琳娜是位身材苗条、容貌秀丽、气质非凡的金发女郎,跟我们印象中的女博士完全不同。三个孩子在布莱顿区非常好的私立学校读书。

我比较好奇安德鲁和他的博士妻子是如何认识的。在我们看来,大学教授恐怕不会找水管工作为自己的男朋友,除了影视剧中的那些不接地气的虚假情节。

安德鲁给我讲述了他跟妻子的相遇、相知和相爱。

安德鲁和艾琳娜的相遇是在十年前,在艾琳娜的家中。当时艾琳娜家中的水管坏了需要维修,公司就派了安德鲁前去,缘分就这样开始了。

艾琳娜打开大门,看到眼前的安德鲁,感觉有一道特别耀眼的光芒映射进自己的眼帘,突然有股强劲的电流击中了自己,那分明是个晴空万里、艳阳高照的午后,却有一种触电的感觉。

艾琳娜注视着安德鲁足足有三分钟,才把他请进家里,一时间却突然忘了让安德鲁来做什么。

身材魁梧、模样俊朗、拥有一头金发的安德鲁已经习惯了这种瞩目,从小到大，无论出现在什么地方，他总能捕获女孩子们的目光。

那天下午，安德鲁用了几个小时的时间把艾琳娜家里的水管、水龙头逐个维护了一遍。当安德鲁作业时，在夕阳的余晖下，他那雄壮的肱二头肌愈发显得性感了。

中间休息时，艾琳娜递上来一杯咖啡，安德鲁接过咖啡的一瞬间，看到了一双如痴如醉的眼眸。

从此以后，艾琳娜家里的水管会时不时地坏掉，总是喊安德鲁来维修。安德鲁也非常乐意来找艾琳娜，在他看来，这位女士不仅年轻漂亮，还非常有魅力，而且拥有渊博的知识。她热情开朗，幽默风趣，脸上总是挂着微笑，跟她在一起没有任何拘束感，他们可以轻松愉快地聊天，没有任何隔阂。

最终安德鲁和艾琳娜幸福地结婚了，并很快有了三个孩子。在澳大利亚，结婚就这么简单。不看背景，不看房子、车子，男女双方更多地尊重和追寻自己内心的真实感受。

▼ 美丽的花园城市

澳大利亚首位女总理茱莉亚·吉拉德的男友提姆·马西森是个理发师,对于外界的议论,吉拉德说:"我们不是那种政治夫妻档,不是一般的丈夫与妻子的关系,更多的是心灵上的相伴相依。"简直分分钟震碎大家的价值观。

虽然安德鲁仅仅是个水管工,但在交流中,我发现他知识相当渊博,是个非常有思想、有主见的人。我们一起探讨了澳大利亚社会的思想领域和价值观层面的内容。

我们都会有一种误解,认为澳大利亚跟其他西方国家非常相似,实际并非如此。

澳大利亚社会相对扁平化,阶级划分不太明显,人民更安居乐业。澳大利亚是典型的枣核形社会,极度富裕和极度贫穷的人很少,大部分是中产阶级。

澳大利亚历史上是英国流放犯人的地方,随着越来越多的欧洲移民融入,人口中多为蓝领阶层。昔日的殖民地变成了今天人民安居乐业、如同花园般美丽的国度。

▼墨尔本市中心高楼林立

▲ 社区美景

　　蓝领阶层文化底蕴是澳大利亚价值体系中一道亮丽的风景线，整个社会的精英主义、拜金主义和个人英雄主义等意识不彰，自由、人人平等的思想比美国及欧洲国家更加彻底。

　　在美国和其他国家，当你告诉别人自己毕业于哈佛大学，在华尔街的顶级投资银行工作时，别人可能会惊叹赞美一番。就连美剧里的女主角为了在前夫面前显摆也会编出正跟一个在投资银行工作的多金男交往的谎话。这种情况在澳大

利亚,很少有当地人会发出惊叹和赞美的。因为在澳大利亚人的价值观里,工作不过是谋生手段,没有高低贵贱之分。澳大利亚的蓝领劳动者,比如建筑工人、水管工、木工、理发师,在告诉你职业时也同样充满骄傲,像女博士找水管工的例子是非常普遍的。

除了价值观因素外,经济收入也是一个重要原因。中国水管工跟大学教授很难结合,经济收入的差距是个重要因素。澳大利亚的蓝领阶层收入普遍较高,远高于普通的办公室白领,再加上澳大利亚人文化程度普遍较高,大多体力劳动者接受过大学教育,不会在沟通方面存在障碍。

一个国家社会形态的表现形式、国民的精神面貌大多跟政府的管理风格和引导方向密不可分。一个能把曾经的殖民地打造成美丽国度的政府,一个可以接受未婚未育的女人担任国家总理,并对她的理发师男友也一并接受的国家,是多元的、包容的、温暖的和自由的。

这是个很值得学习和借鉴的国度。

情迷墨尔本

在澳大利亚当地男士的眼中,中国女孩是最漂亮的。很多澳大利亚本土男士认为能娶个中国女孩作为妻子是件非常幸福的事。

 # 网红女郎的中国梦

墨尔本人口稀少，居民社区里经常寂静无比，每天晨跑或散步时，很少遇到行人。这样也挺好，大白天玩自拍不用担心被打搅，更不用担心被嘲笑。不过玩自拍时还是要小心，因为澳大利亚的阳光太强烈了，稍不留意就会被烤焦，所以，澳大利亚又被戏称为"烤焦国"。由于社区里太安静了，有时候会让我产生一种错觉，会误认为整个墨尔本就住了我们一户人家。

墨尔本人是非常热情的，每次在社区里散步遇到不认识的邻居，他们都会十分热情地打招呼，或者停下来跟你聊会儿天。我猜想，当地人之所以如此热情可能有两个原因。一是墨尔本人本来就很热情；二是墨尔本人口稀少，大家在居住社区里不常见到人，所以平时散步偶遇，会觉得很开心，情不自禁地上来打招呼。

遗憾的是，在居民社区里华人遇到华人却很少打招呼，可能是因为华人不太习惯跟陌生人打招呼，另外遇到的很有可能是长相跟华人相似但其实是其他亚洲国家的人。但不管怎样，我无论碰到谁都会打招呼！

每天早上散步时我总能碰到一位金发碧眼的女孩儿，名叫阿莱克西斯，她对我尤其热情。她不仅跟我打招呼，还要停下来跟我聊会儿天，而且明显能感觉她对中国文化非常感兴趣。她会讲一些中文，每次相遇，她都会非常热情地跟我打招呼："尼号！尼号！"

一天，又遇到阿莱克西斯，她热情地招呼"尼号"之后，停了下来跟我聊天，说她家就在附近，请我去喝杯咖啡。我立刻提高警惕，怎么能轻易去别人家呢，肯定布满了陷阱和圈套，所以我提议去附近的咖啡馆。

后来经过交流才发现,原来阿莱克西斯在政府机构做公务员,对中文和中国文化非常着迷,正在附近的大学学习中文,在她内心深处有个中国梦。

汉语和中国文化在澳大利亚非常流行,会讲一口流利的中文在澳大利亚几乎是一种时尚。在墨尔本的大街上,尤其是在中国的国庆节或春节期间,会经常遇到大批大批来墨尔本旅行的同胞们,有时候恍惚间让你感觉自己就在国内。

澳大利亚已经离不开中国了,为了庆祝中国国庆节、迎接中国游客潮,澳大利亚商家掀起大规模打折潮,使出浑身解数吸引中国游客。逛商场时偶遇一家服装店取名EMBA,我问店主为何店名叫EMBA?店主说在中国很多人爱读EMBA,这样的名字中国人看到会觉得很亲切,进而增加消费欲望!好吧,澳大利亚人可真幽默!

在墨尔本,华人群体数量庞大,有时候会让你有种错觉,感觉墨尔本是中国在海外的一座城市,而金发碧眼的澳大利亚当地人才是少数民族,他们已经被我们深深地影响和同化了。

一次,在墨尔本市中心的广场上,当地金发碧眼的大妈身着中国旗袍,跟一群中国大妈一起跳广场舞,玩得十分开心。中国大妈在墨尔本市中心广场上独领风骚,洋大妈们被深深感染,紧随其后热衷于广场舞,要不了多久,墨尔本的大小广场统统会被中国大妈和洋大妈们拿下,澳大利亚寂静的老年生活哪有广场舞来得这么热烈!

我曾在电视新闻上看到一则奇葩事件。一位当地老太太住在华人区,快到春节时,华人区天天敲锣打鼓排练舞狮子。那位老太太经常遛狗,狗狗观看了几次舞狮子后,只要音乐响起,它就情不自禁地学舞狮子的动作。

老太太愤怒地向法院控诉,说中国人给她家狗狗洗脑太深了,影响了她家狗狗"坚持"西方传统文化和心理健康。实际上那位老太太应该换位思考一下,她家狗狗挺有理想、挺求上进的,她应该夸赞狗狗很聪明才对。

她的控诉自然被当地法院驳回了,因为澳大利亚是个各民族文化和谐共存

▲ 一家叫EMBA的服装店

▲ 中国大妈在墨尔本跳广场舞

的社会。

让我们重新回到我与阿莱克西斯在咖啡馆的场景。

"你为什么会对中文那么感兴趣呢?"一听到澳大利亚友人对中文感兴趣就让我兴奋。

"中国是有着几千年历史的文明古国,中国文化博大精深,汉字令我非常着迷,我一直梦想着有一天去中国看看。"阿莱克西斯说。

她对中国文化常识的了解超出了我的想象。

"我知道蛋蛋面(担担面)是中国四川的美食,芝麻叶面是中国台湾的美食,左宗棠鸡是以清代一位官员的名字命名的一道菜。"阿莱克西斯骄傲地说道。

阿莱克西斯说出这样的话的确让我震惊不已,虽然她把担担面说成了"蛋蛋面"。

阿莱克西斯兴高采烈地跟我展示她学习汉语的笔记,只见她的笔记上是这样标注汉语发音的:

微信/We Sing

支付宝/Cheerful Ball

你好吗?/ Knee How Ma?

很好/Hen How

谢谢/Shell Shell

不客气/Book Chin

哎妈,不好意思/Emma Book How Yes(还有方言!)

……

哈哈哈,我看完后笑得人仰马翻。我们当初学习英语时也有好多人用中文谐音帮助记忆英语发音,跟阿莱克西斯在中文旁边标注英语谐音异曲同工。果然是同一个世界,同一种学习外语的方式。

▲ 华人区欢天喜地庆祝春节和元宵节，那个"老外"在吃饺子比赛中18秒吃了8个饺子

"你的汉语老师是中国东北人吗?"我问。

"不是,就是澳大利亚本土人,她当年在中国东北学习汉语。"阿莱克西斯说。

"我以前在南美洲做志愿者教过中文,在学习中文、了解中国文化这方面需要帮忙的话可以随时找我。"我说道。

"哇,太棒了!"

就这样,阿莱克西斯的一杯咖啡外加糖衣炮弹,让我免费成了她的中文教师。

由于阿莱克西斯在附近大学上的中文课程一周只开两次课,远远无法满足她对中文的喜爱,于是周末她跟着我再学习两个小时。

一天,阿莱克西斯为取中文名字而伤透了脑筋。

▼ 到处洋溢着春节气氛的澳大利亚,沃尔沃斯超市货架上点缀着中国传统小伞

"你觉得我的中文名叫"中国"怎么样?"阿莱克西斯问我。

"中国是我们国家的名称,不能用作个人名字的。"我说道。

"那你的英文名叫吴大利亚,还借用了我们国家的名字呢。"阿莱克西斯说。

"在澳大利亚你可以随意给自己起任何名字,这里的文化如此。现在我们在学习中文和中国文化,所以应该按照中国的文化习惯来。"我说。

阿莱克西斯又问我叫"雷锋"这个名字怎么样。我说这是个男生的名字,而且雷锋是中国的名人,用这个名字不太合适。第二次上课,阿莱克西斯问我"正能量"这个名字是不是非常好,我说这个词不是名字,也不适合做名字。

再次见到阿莱克西斯,她兴高采烈地说,她找到一个非常棒、时下非常流行的词作为自己的名字——"网红女郎",并坚持不再改了,好吧,以后我就管她叫"网红女郎"。

网红女郎在政府机构做公务员,收入非常稳定,令人羡慕。突然有一天,她跟我说,为了快速攒够去中国学习、旅行的费用,她打算换工作,去做交通协管员。

"我没有听错吧?去做交通协管员?"我的下巴差点掉在地上。

"对啊,公务员工资太低了,交通协管员收入比较好,只需要做一年,我去中国的费用就能攒够。"网红女郎很平静地说道。

所谓的交通协管员就是那种站在马路上施工地点的旁边,手中举着一个大牌,上面写着"STOP(停)"或者"SLOW(慢)",指导车辆或人流绕行的人员。表面上很轻松,实际上日晒雨淋地站上一天,是相当辛苦的。这种工作一年才能挣几个钱呢?

"你确定要放弃稳定的、令人羡慕的公务员工作?你父母能同意吗?你男朋友不介意吗?你成了体力劳动者,你男朋友还会娶你吗?"我深深地为网红女郎感到担忧,问出了一连串的问题。

"哈哈哈,你真逗,公务员的工作有什么好令人羡慕的?我父母从来不干预我的选择，而且我们成年人的决定为什么非要经过父母同意呢？我男朋友才不会介意我从事什么工作呢，再说了，男朋友终究是男朋友，我们从来都没想过结婚这种遥远的事情。"网红女郎很平淡地说道。

"再说了，做交通协管员一年的报酬是18万澳元，而我做公务员一年的收入才6万。"网红女郎兴奋地说。

"18万澳元？就是90万人民币，交通协管员的工资那么高啊？整整是公务员收入的3倍！"我的下巴已经掉在了地上。

虽然早已知道澳大利亚是个崇尚蓝领阶层的国度，体力劳动者最光荣，但交通协管员的收入还是远远超出了我的想象。

"18万仅仅是基本工资，除了工资，还有各项福利补助，每天的交通补助45澳元，伙食补助22澳元，每天光补助就达到了67澳元。"网红女郎说道。

"噢，那每天的补助差不多是300多元人民币，一个月的补助接近于1万元，基本工资加上各项补助，一年的收入有上百万人民币了。"我在大脑中快速地计算着，三观分钟被惊碎了一地。

"还有一些小补助呢。除了既定的补助，协会还会根据施工工地的规模，每天每小时发放2.1～3.95澳元不等的工作补助，在有些施工场所如果工作超过8小时，之后的每分钟都是双倍工资。不过这些都是小钱了，可以忽略不计。"网红女郎说道。

"报酬是挺不错的，远远超出了我的想象，但这份工作还是挺艰辛的。你看，你做了交通协管员，得举着大牌子，一直就那么站着，多累啊。无论是寒冷的冬季还是酷暑，你都得日晒雨淋的。夏天，墨尔本的阳光那么强烈，你得顶着烈日，穿着厚厚的工作服，没有空调可吹，举着大牌子站上一整天，不仅热得够呛，皮肤还会被晒伤。冬天，寒风如同刀割，连个躲藏的地方都没有。一年下来，你的皮肤就会变得又黑又干，女生都以白为美，将来婆家都不好找了。"我开始给网红女郎分析这份工作的艰辛。

"哈哈哈,没关系的,皮肤太白反而不好,我们喜欢晒成赤铜色,这份工作既能晒太阳又有人给高工资,多美的一件事儿。"网红女郎很乐观地说。

"但你得做好吃苦的准备,这份工作的艰辛程度要超出我们的想象。第一,这份工作表面上只是举着牌子站在路中央,看似轻松简单,但是要时刻保持警惕,因为过往车辆巨多,稍不留意就会造成交通事故。第二,要连续站上几个小时,想想都觉得很累。第三,还需要十分有耐心,不停地跟行人沟通,提醒他们从哪里通过。第四,工作时间可能不固定,完全随着施工时间走,有可能是凌

▼ 有着中国梦的网红女郎

晨施工，也有可能是午夜施工。第五，高污染性，施工现场会扬起尘土、过往车辆的尾气等，对健康不利。"我一口气给网红女郎分析出这份工作可能存在的艰辛和种种风险。这是投资人士的职业病，做任何事儿之前都要评估风险。

"没关系，警察比这个辛苦多了，他们每天日晒雨淋，同样也是不停歇，还时刻准备着跟歹徒搏斗，但警察的年薪平均只有7万澳元，还不到交通协管员的一半。"网红女郎很是想得开，"我太想去中国了，那里有诗和远方。通过这份工作我可以快速积累到去中国的费用。"看来网红女郎对中国文化的确十分着迷。

"你可以通过其他方式来获得旅行学习费用，例如，你可以去北京的大学或者培训机构教英语，现在大家对英语学习十分重视，英语母语人士是很容易在中国找到工作机会的。我当年在南美也是边教汉语边旅行的，你也可以在中国边教英语边旅行。"我说。

"我想静下心来好好把中国逛一逛，游玩一番，如果固定在一个地方教英语，有种被束缚的感觉，不太方便。"网红女郎说。

……

春去秋来，转眼间几个月过去了。一天下午，我正在逛街，突然在一个施工现场看到一个熟悉的身影，那正是网红女郎举着"STOP"的牌子在工作，墨尔本夕阳的余晖洒在她的脸上，是那样的美丽。

在墨尔本，有这样的一位女孩儿，为了自己心中的"中国梦"，放弃公务员的安逸工作，吃苦耐劳，夜以继日地积攒去中国的费用。网红女郎，希望你的中国梦早日实现，加油！

墨尔本——女性的天堂

墨尔本环境优美，非常适合人类居住。如果你是位女性，正在犹豫不决究竟应该去哪个地方诗情画意地生活一段时间——那么来墨尔本吧，因为这里非常适合女性，绝对是女性的天堂。

这里属于海洋性气候，空气清新，冬天不冷、夏天不热，湿度总保持在人

▼ 天天都是蓝天白云、青草绿水的墨尔本

类感觉舒服的范围内。

墨尔本是个海边城市,从我家到海边居然只需要16分钟的车程——我一直误认为我家离海边十分遥远。比较奇特的一点是澳大利亚有点规模的城市几乎都是海边城市,据统计,85%以上的澳大利亚人居住在距离海边50公里以内的狭小范围内,因为澳大利亚内陆大部分是戈壁滩和沙漠。

我曾经一度杞人忧天地担忧,大家居住得离海边如此之近,万一未来气候变暖海平面上升把房子都淹了可怎么办?后来去彩虹屋海边一看才发现自己的担忧真是多余,海边豪宅林立,那些富豪们尚且不担心自己的豪宅被淹,我们这些普通人还有什么可担忧的?再说堤坝还算挺高的,海平面离"情人大道"还是有段距离的。"情人大道"是我自己悄悄地给那条环海小道起的名字!

澳大利亚拥有1万多片沙滩,即使你每天去一个全新的沙滩,也需要27年的时间,想想都觉得不可思议!

虽然墨尔本是个海边城市,但空气一点也不潮湿,因为来自内陆沙漠地区强劲的干燥沙漠风与来自海上柔情的潮湿空气相遇,造就了墨尔本柔情似水的湿润空气。这里气候宜人,连续多年被评为全球最宜居城市之一。

湿润的空气对皮肤的滋润胜过一切化妆品,对于爱美的女性来讲,墨尔本绝对是首选居住地。在这里,兰蔻、雅诗兰黛、迪奥和香奈儿等化妆品统统靠边站。女士们对美丽的追求永无止境,在国内为了能使自己再美丽一点,哪怕就一点点,她们也十分舍得下血本,毫不含糊。而在墨尔本,女士们根本不用多花钱,就会尽显优质的自然美,一个个都水灵灵的,天生丽质。据统计,澳大利亚的化妆品行业是经营最惨淡的行业。

我们在北京生活时,塞布瑞娜的梳妆台上摆满了瓶瓶罐罐,而在墨尔本的家里,梳妆台上简单明了,省了一大笔费用,我心中一阵窃喜。

我的老婆塞布瑞娜是个非常典型的贤妻良母,我一直把能娶到她视作人生一大幸事。

▲ 彩虹屋

　　虽然塞布瑞娜非常擅长做各类家务活，但在墨尔本，她却苦恼于没有太多家务活可做而有过多的闲暇时间。因为墨尔本空气清新湿润，非常干净，家里没太多的灰尘。墨尔本的水质非常好，锅碗瓢盆不会产生水渍，电水壶无论怎么用都不会有水垢，浴室的玻璃门永远光亮如新，无形中少了很多家务活。

　　于是塞布瑞娜会经常站在客厅中央，两手叉腰、环顾四周，不停地琢磨，在吴大利亚到家前我还能做点什么呢？

　　生完小平果的第一个春节，我们做了水果大餐和饺子大餐。墨尔本是悠闲之都，一定要把闲情逸致发挥得淋漓尽致才能跟宜人的气候相得益彰。水果一定要精雕细琢一番之后方可入口，饺子要包得五彩缤纷才能跟春节气氛相搭，我真佩服塞布瑞娜，在带孩子的状态下依然能把饺子做得如此五彩缤纷。

▲ 彩虹屋沙滩宛如童话世界

那晚还有我做的小羊排，但成了配角。过一个红红火火、悠闲雅致的春节……

在墨尔本由于闲暇太多，我迷上了做羊排。经过反复实践，我做小羊排的水平已经是炉火纯青了，做羊排跟搞金融没啥区别，要时时根据外部环境进行创新。做羊排时要融合中澳两种烹饪手法，要放葱姜蒜、芝麻油，这样澳大利亚羊排在中国调料的烘托之下呈现出的口感是多元化的。另外，再配上红酒就更应景了。

有时候人不要活得过于现实，适当地附庸风雅还是很有必要的，可以让生活多一点情趣，自己觉得快乐就好。羊排赢得赞美的另一个法宝是分量不要做得太足，这样大家更容易对你的羊排念念不忘……

无论喜欢还是不喜欢做家务的女性，到了墨尔本后都会彻彻底底地从繁重

▲ 彩色水饺

的家务中解放出来，从而有了大把闲暇时间，甚至开始有了空虚的感觉。老公的衬衣领子不黑了，袜子也不臭了，以前一天不打扫卫生，家里就变成了沙漠，而在墨尔本一个月不打扫，家里的干净程度也能说得过去。

澳大利亚当地金发碧眼的女士真的没法跟中国的女孩子相比，由于澳大利亚福利制度比较好，大家一直在宽松、毫无压力的环境中成长，当地女士们普遍过得比较舒服，导致"心宽体胖"。据统计，63%的澳大利亚人有肥胖症，大街上"梨形身材"的当地女士大有人在。

在这一点上，中国的女孩子们绝对要偷着乐了。

中国女孩儿向来以东方女性特有的温柔贤淑而著称于世，对自己的身材和体重到了几乎苛刻的严控程度。小巧玲珑苗条的身材、精致的五官搭配得十分协调。到了墨尔本，无论以前在国内有多么不起眼，在这里绝对算是倾国倾城级的美女，闭月羞花，身材窈窕。到墨尔本市中心广场上一站，再看看身边过往的身材不成比例、粗胳膊粗腿、五大三粗、脸上"不平静"的当地女人，与生俱来的虚荣心立刻得到极大的满足，全是满满的自信心和幸福感。

也许，一位路过的墨尔本男士会被你的美貌所倾倒，他会走上前来很绅士地来上一句，"Miss（姑娘），路边有个咖啡馆，咱们去喝一杯如何？"

据调研统计，在澳大利亚当地男士的眼中，中国女孩儿是最漂亮的。很多澳大利亚本土男士认为能娶个中国女孩儿作为妻子是件非常幸福的事。

在这样的情况下，中国的女孩子们会天天开开心心的，心情好，皮肤就好，再加上美妙的自然环境和人文环境，"今年20，明年18"绝对不仅仅是个广告语。所以在墨尔本，中国女性无论是30多岁还是40多岁，统统可以很自信地把自己称作"女孩儿"，在她们的词典里没有"woman"这个词。

墨尔本是个很浪漫、更容易增进夫妻感情的地方。

当下是个物欲横流、感情危机四伏的年代。女性有太多的担心：既为孩子的学习成绩而忧虑，又为老公的事业前景担忧。一方面担忧老公职业遇到天花板,一方面老公终于晋升为CEO后,又担心他出轨,毕竟外面的诱惑太多。男人花心、女人伤心,做人很难,做女人更难,做个好女人难上加难。实际上大家都没错,都是环境惹的祸。

到了墨尔本,所有的一切都归于平淡,环境导致男人伤心,女人开心。男人伤心,因为无心可花;女人开心,因为无心可忧。

以费奇为例,他在国内是一家上市公司的老板,天天晚上出去应酬,花天酒地、夜夜笙歌。费奇的老婆说他从来没回家吃过晚饭,每晚都是后半夜才回家或者干脆不回家。到了墨尔本后,晚上你轰他出去他都不会出去。对于很多人来说,因为英语不够好,或者娱乐消遣方式的不同,墨尔本的文化生活显得不像国内那么丰富多彩。费奇只好待在家里,两眼瞪着电视,翻来覆去也就那几个英语频道,左看右看也看不明白,以前在家里待不了一个小时就得跑出去的费奇现在无处可去,不一会儿工夫便像个小孩儿似的缠着太太说:"老婆,咱们出去散散步吧!"费奇太太简直受宠若惊,这在国内绝对是不可能的事情。费奇天天在外面胡吃海喝地谈事情,已经很多年没有陪自己散步了。费奇太太瞬间感动得泪奔,于是老两口瞬间变身小两口,就这样挽着胳膊走在夜晚墨尔本寂静的社区街道上。泛泛灯光,微风伴着阵阵花香轻轻吹过,漫天繁星眨着眼睛,仿佛又回到了初恋的感觉,还有比这更浪漫的爱情和婚姻吗?

墨尔本也是个很容易让女性感觉自己是个女强人的地方。

在某些国家,有些女性不善于与外界打交道,办事费时费力,最后有可能到处遭白眼、四处碰壁,感觉自己弱弱的。在墨尔本,你大可不必担心这些,无论是公立还是私立机构,各个部门都笑脸相迎,微笑服务,对于你的所有问题他们都会耐心回答,直到问题得以解决。渐渐地你会发现,你不用拜托任何人就可以独自解决问题,慢慢地你越来越发现自己很独立。

墨尔本是个让女性感觉很受尊重的地方。这种尊重,是真真切切、实实在在的。

▲ 墨尔本是个神奇的地方，人越活越年轻，岳母去年63岁，今年53岁

澳大利亚是个奉行绅士风度的国度，"女士优先"在社会的各个方面体现得淋漓尽致。无论走到哪里，都会有男士主动为女士开门。走在大街上帽子被风刮走，会立刻有男士跑过去给你捡回来。在墨尔本，女性完全不用为自己的车技担忧：并线时，因为是女士，男士们会让着你。在国内已经当家做主的女性，在这里可以进一步巩固自己的地位。

女性天生爱逛街和购物，墨尔本在购物方面对女性来说绝对是天堂。

女性天生有选择恐惧症，总担心买贵或买得不好。买贵了，还得回去退货，最后很有可能以失败告终，会郁闷好多天。但在墨尔本逛街购物简直就是享受，根本不必耗费精力去四处比价。因为墨尔本的商场都可以无条件退货，时间是一年之内。买贵了，或者带回家突然感觉另外一件好，没关系，下周末返回店家再换一件。甚至连超市里的蔬菜都能退货，简直不可思议。在墨尔本，退货保证可以让女性舒心购物。

当然，在墨尔本生活也有一些不便之处。墨尔本在有些方面相当落后，例如供暖系统，非常愚蠢。暖气的出气口都是从地上冒出来的，如果沙发的位置正好把那个热气口给堵上了，一开暖气，暖气口对着沙发吹热风，结果屁股很热，而整个室内还是很冷！而且暖气系统噪声巨大，同样是烧天然气自采暖，但中国的自采暖系统比澳大利亚优越很多，所以在这方面是个巨大商机，希望中国的自采暖系统能够打入澳大利亚市场，市场空间巨大！

还有一点让人百思不得其解。我家空调的开关居然被设计安装在了室外的

▲ 墨尔本标志性建筑富林德斯火车站

房顶上,谁能每次都爬到房顶上去开关空调啊?这个设计特别傻,而且墨尔本夏天很凉爽,几乎不怎么用空调,一年也就开那么一两次吧,但由于开关被装在了房顶上,每次我们只好在室内用遥控器开关空调,但总闸没法关掉。最热的那两天一过,空调就进入冬眠期,但里边的主机分明还是在工作状态,很浪费电。

不管怎样,墨尔本是个非常适合女性生活的地方,还有很多地方吸引着女性。实际上墨尔本也特别适合男士。墨尔本女多男少,据统计,单身女士比单身男士多出了几十万人,导致已到婚龄的单身女士找对象相当头疼。

当你踏上这片迷人的土地,你会找到更多爱她的理由。

留守男人

有一年春节,我们一家六口去查德斯顿玩,查德斯顿是全城最大的商业综合体,有商场、超市、美食城,各种好吃好玩的应有尽有。

玩累了,我们坐在沙发上休息,感觉不远处有个同胞一直在注意我们这边,很奇怪。

"请问,你是吴大利亚吗?"那位同胞突然走过来问我。

▼ 查德斯顿里随处可见中国元素

我大吃一惊,她怎么知道我的名字?

我说:"是的,您是?"

"我是温蒂啊,你怎么忘了?以前你们公司在香港上市时,我们团队给你们承销的!"

"啊!是温蒂,太巧了,我们居然在这里碰到了。简直是太巧了!"我感觉太惊喜了。

"你看起来还跟当年一样,几乎没怎么变化,除了声音更有磁性了。"温蒂说道。

温蒂这么一说,我都有点不好意思了。是的,我长了一张骗人的脸,看起来比实际年龄足足小了10岁。根据科学研究发现,一个看起来比实际年龄小了很多的人,除了遗传基因之外,心理因素起到决定性的作用。这种人的内心也一定是热情洋溢、元气满满的。

在墨尔本遇到温蒂,我的确是又惊又喜,她的话让我很开心,但继而又有点小悲伤。

当年的温蒂非常漂亮,工作能力又强,而眼前的她,看起来好像有50多岁,我在大脑中快速地计算了温蒂的真实年龄,她实际应该是40多岁。但如今的温蒂皮肤粗糙,满脸皱纹,那分明是一张被岁月和生活深深欺负过的脸。

按理说,墨尔本气候宜人,她看起来应该很年轻才对,一定是发生了什么事。她脸上的皱纹里一定藏着故事。

"我记得你当年做完我们那个项目的上市后就移民澳大利亚了,现在算来你在澳大利亚也有十几年了。"我问道。

"是的,我后来移民澳大利亚后一直在墨尔本工作生活。"温蒂很平静地说道。

"我记得你老公当年在体制内工作,工作好像挺好的,后来你老公也来澳大利亚了吧?那会儿没有微信,我们就失去了联系,所以对你们的情况也一无所

知。"我说道。

"我们早离婚了。"温蒂平静地说道。然后温蒂就开始倾诉她这十几年来的经历。

温蒂毕业于国内名校,在澳大利亚留学,读完硕士后选择回国工作。当时温蒂在国内的一家国际投行工作,我们公司在香港上市时他们是我们的承销商,温蒂是项目负责人。她老公家条件非常好,出身于高干家庭,在体制内工作。

温蒂做完我们那个项目后考虑到孩子未来的教育就移民澳大利亚了。后来她老公也移民来到澳大利亚,但由于在体制内待了太长时间,他根本适应不了澳大利亚的生活,再加上他英语很差,找不到好工作,一般的工作又看不上,不到半年就回国了。

温蒂一直一个人辛苦地带孩子。据温蒂讲,她老公十分吝啬,以前追求她那会儿出手还大方点,自从结婚后从来没给她买过包包,倒是隔三岔五给她搞回来一堆五颜六色的帽子。温蒂坦言,当年追求她的男生排满了上海外滩,当初也是觉得她老公家庭比较好,所以在众多的追求者中选择了他。都怪自己当年太幼稚了,酿成大错。

当年温蒂移民澳大利亚有两个目的,一方面为了孩子的未来教育,另一方面想着把老公带到澳大利亚后,没有那么多诱惑,她老公自然就不会在外面拈花惹草,有可能会回归家庭,从此继续甜蜜的婚姻生活。但后来温蒂的老公在澳大利亚短暂生活了一段时间就回国了,回国后,更加肆无忌惮地夜夜笙歌。

温蒂忍受了两年,最后就只好与他分道扬镳。

离婚后的温蒂曾一度患上了抑郁症。所幸后来遇到一位亚洲男子,非常体贴,对温蒂照顾得无微不至,重新唤醒了温蒂对爱情的甜蜜记忆。温蒂竭尽全力为那位亚洲男子担保办理永久居民身份,结果对方拿到身份后立刻消失得无影无踪。温蒂再次遭受沉重打击,从此对爱情彻底绝望了。

后来温蒂一直一个人抚养孩子,由于两次遭受爱情打击,导致温蒂心情一直很郁闷，孩子的心理也受到很大的影响。温蒂的孩子学习一直不好，后来也丧失了读大学的兴趣，现在靠开出租车为生。虽然在澳大利亚职业没有贵贱之分，劳动最光荣，但对于华人移民家庭来讲，还是希望自己的子女能够有份体面的工作。

斯普林韦尔区有个中国市场，里面有家中餐厅相当不错，我们每隔一段时间就会去换换口味。

墨尔本在吃的方面太不尽如人意了，西餐千篇一律，煎牛排、煎羊排，加上一片生菜、生西红柿片、生洋葱片，再加个炸土豆条。不过，在澳大利亚有独一无二的特色美食，那就是袋鼠肉。澳大利亚的袋鼠早已泛滥成灾，为了避免它们过度破坏生态平衡，澳大利亚政府允许吃袋鼠。袋鼠肉看起来很像牛肉，但味道比起牛肉差得太远，也许需要引入中国厨师用做中国菜的方式来做袋鼠肉才可能会成为特色佳肴！

墨尔本的中餐基本都是川菜、粤菜、火锅。在墨尔本待久了，会对中国餐相当思念，几乎所有的同胞，在踏上澳大利亚土地的那天起，就会发现生活在中国，天天吃着中餐是多么的幸福啊！每次午夜梦回，哪怕是街头小摊上那一串串麻辣烫或是一根油条都能让思念中餐的心激荡澎湃好多天。

几年前，我在北京首都机场接从澳大利亚回来的朋友，他有段时间没回北京了，对中餐有着无尽的思念，他说虽然洋装穿在身，但心依然是中国心，无论如何也要放弃澳大利亚永久居民身份回国内发展。不为别的，就为一颗中国心和好吃的中餐，听得我热泪盈眶十分感动。我一接到他，顾不上回家卸行李，便立刻载着他冲进一家餐厅，点了一大盆羊蝎子。只见朋友狼吞虎咽、风卷残云，一阵狂风暴雨之后一大盆羊蝎子全被吃完了。朋友的那副吃相，仿佛刚刚经历过一场饥荒。于是我们又点了一大盆，撑得都到嗓子眼了，我建议他跳一跳，把饭蹾下去，吃出新高度。可想而知，澳大利亚的饭菜难吃到了何种程度，朋友在澳大利亚待的这几年遭到了多大的摧残！

有些人就是需要在国外遭遭罪，才知道生活在中国的好！

很多人不懂得珍惜自己当下所拥有的，盲目地向往诗和远方，意识不到生活在中国是多么幸福的一件事儿，非得折腾一大圈后才恍然大悟，原来在中国生活才最幸福，珍惜当下吧！

说回斯普林韦尔区那家中国市场的中餐厅。他家的味道也一般，但在墨尔本可选的余地太少，只能矮个子里拔将军了。中国市场里还有家卖油条的店，味道没法跟国内的比，主要是因为墨尔本对食品监督非常严格，油只能炸一次，第二天就得换油，味道不对的主要原因是油条里没有放明矾等不健康调味品，只能凑和一下。

我们隔三岔五地去中餐厅，总能发现金发碧眼的澳大利亚当地人的种种奇葩用餐方式。

我们隔壁的餐桌，坐着一对澳大利亚情侣，他们点了饺子和炒面。只见那位男士抄着刀叉，残忍地把饺子割成一片一片的，肉和馅完全分离，然后用叉子一块一块地叉起来放进嘴里，边吃边露出富有成就感的笑容。那位女士在吃炒面，显然她想练习一下怎样使用筷子，只见她把一次性筷子直接攥在手里，完全不知道筷子虽然粘在一起但是可以分开用的。她艰难地把面条缠绕在一双没有分开的筷子上，颤抖着把面条送入口中，然后跟那位男士互相击掌庆祝，感觉非常有成就感。

我实在看不下去了，提醒那位男士说，实际上你是可以用叉子把整个饺子叉起来放进嘴里的，这样多省事啊。提醒那位女士说，你可以把筷子分开，然后夹着面再送进嘴里。你们可以想象当时的场景有多尴尬……

我们有段时间没去逛斯普林韦尔区那家中国市场了，因为朋友大伟的故事实在让人心酸。

大伟是我们公司以前投资过的一家医疗企业的总裁，40多岁，工作能力非常强，他妻子带着孩子来到墨尔本读初中。由于他妻子英语一般，没有从事任何工作，就在家里给孩子做做饭、出门遛遛狗，无聊的时间一大把，人一闲下来就容易胡思乱想。他妻子总是希望大伟能够来墨尔本发展，这样他就能够天天陪伴自己了。大伟的妻子越想内心越空虚，无病呻吟地把自己逼到了崩溃的边缘，尤其是在被两个歹徒抢劫之后，大伟的妻子彻底崩溃了。大伟是个好男人，爱妻爱子爱家庭，听到电话那头的妻子痛哭流涕，他二话没说就辞职来到墨尔本。

大伟本来英语底子就差，再加上工作多年，英语早已忘得一干二净，来到墨尔本后就只好在斯普林韦尔的那家中餐厅杀鱼。

一天，我去找他，他在餐厅后厨忙得不可开交，一边杀鱼一边断断续续跟我交谈。大伟的面前堆了一大堆鱼，他需要逐个对鱼开膛破肚，大伟刚大学毕业时曾在医院工作过，做过很多手术，杀鱼对他来说简直是小菜一碟。只见他手脚十分麻利，几秒钟便能搞定一条鱼，尽管如此，他还是时不时被餐馆老板呵斥。

我不忍再看下去，转身离去，鼻子酸酸的想落泪。面对餐桌上的清蒸鱼，我实在吃不下去。不过最终我还是强忍着内心的酸楚把鱼给吃了，因为太贵了，不能浪费！

有时大伟看着眼前的一堆死鱼会精神恍惚地自言自语："我已经把人生看淡了，来了澳大利亚也就没什么可追求的了。"

大伟有点自欺欺人。一个没有经历过大富大贵、大风大浪的人，哪里有资格说淡泊？退一步讲，就算实现了财务自由，也不会轻言淡泊的。传奇人物褚时健74岁时再次创业奋斗，84岁成为亿万富翁；88岁的巴菲特尚且"精力旺盛"地努力工作着，何况我们这些平凡人又有何理由"把人生看淡无所追求"呢？财务自由仅仅是个相对的动态概念，需要持续不断地有现金流流入才能维持，所以无论是在北京还是墨尔本，还是需要持之以恒地努力和奋斗的！

大伟杀鱼杀了三个月后又换到另外一家中餐馆去杀鸡。这中间我竭尽全力把大伟推荐到朋友的公司工作，但由于他的英语实在太差，而且专业又不对口，无法开展工作而很遗憾地错失良机。

大伟在国内靠白手起家，自己打拼而成为公司总裁，工作能力非常强，叱咤风云，意气风发，但来到墨尔本却沦落至此。

大伟是个很好的男人，从不抱怨，从来不觉得苦，他在国内也是从苦中走出来的，但人到中年还要重新来过。以前的工作经验全部化为零，想想都很心酸。男人的心是被委屈撑大的，这句话用在大伟身上十分应景！

每晚看到丈夫拖着疲惫的身体回到家，全身鱼腥味、鸡屎味，倒头就睡，比国内还辛苦，还没国内的收入高，工作也没国内的体面，大伟的妻子终于坚持不住了，精神再次处于崩溃的边缘。一方面觉得老公的才华彻底被埋没，在墨尔本完全施展不开，另一方面花钱得前思后想，斤斤计较，觉得每花一分钱都是老公的血汗钱，每次买东西都犹豫不决。傍晚时分稍微还能看得见的情况下是肯定不开灯的，为了省电，空调就更不能开了，以前在北京时去豪华餐厅是家常便饭，现在他们基本上没在外面吃过饭，就连看电影都成了奢侈。最难受的是大伟那种在国内做总裁时的意气风发，在杀鱼和杀鸡的过程中都被消磨得荡然无存了。

别人移民是为了追求更高层次的生活质量，而大伟一家移民却移进了地狱！

对大伟来讲，墨尔本是个糟蹋人的地方。男人没了事业，在女人眼中也就不再帅了！

我们也经常开导大伟和他妻子，人生充满了折腾，实在不行就回国发展吧，真没必要在墨尔本硬撑着。犹犹豫豫、纠纠结结，多大点事儿啊！都快把自己逼得抑郁了。澳大利亚的蓝天白云、空气、水没什么好稀罕的，在国内多花点钱也能维持跟澳大利亚同样高质量的生活。而且近几年的环境在政府的大力治理下，空气质量逐年提升，现在也经常能见到蓝天白云了。

人的心理就是很奇怪，有时候一件事情总是让你牵肠挂肚。例如，你向往诗和远方，总想着移民，但你又彷徨失措。你总得走出这一步，出去体验一番，但真正体验一番之后或许会发现：啊，原来是这样啊，这里不适合我，这不是我想要的生活。于是折腾一番再重新回到国内。这样才不会留下遗憾，无怨无悔。也许你在异域生活中又挖掘出一个全新的自我，生活和事业再上一层楼。当你见识越多，你越知道标准在哪里，你就会更清楚自己要过什么样的生活。不折腾，你很有可能永远停在原点。

一个人仅仅拥有一生一世是不够的，还应该拥有诗意的世界！人生充满了折腾，充满着各种可能！从北京折腾到墨尔本，再从墨尔本折腾回北京，然后再折腾回墨尔本……

近几年，随着中国经济迅猛发展，综合国力不断增强，发展机会日益增多，世界各地的"老外"也纷纷跑到中国来淘金。很多"老外"觉得在中国工作是段非常有趣的经历，有个澳大利亚朋友在上海工作，他在微信中的个性签名是"昂首阔步大上海"。他说在中国工作是件很自豪的事，这里机会众多，生活也丰富多彩。一二十年前，随便一个"老外"来了中国就是公司高管或者被称为专家了。现在时代完全变了，就连前台接待这种毫无技术含量的工作"老外"也愿意干了。现在在国贸的高端写字楼里，有些公司的前台接待居然是金发碧眼的"老外"，还会讲中文。当你踏入公司大门，前台金发碧眼的接待会操着一口伦敦味的中文跟您打招呼："先生，您好，我能为您提供什么帮助吗？"以前"老外"在中国的优越感已荡然无存了。当然，这种愿意做前台接待的"老外"基本上都是来中国的留学生。

我们在做跨境并购跟美国律师开会时会坚持讲中文，虽然大家的英语都很好，但因为我们中方是客户，同时也是投资人，美国律所是提供服务方，所以会议用中文是理所当然的，而且我们会明确要求美方律师做出来的尽职调查报告是中英文版本的。为了开拓中国客户资源，跟中国投资方合作，美国的很多律师都会讲点中文，有些能直接使用中文作为工作语言。在跟"老外"商务交往中，我们不怎么用英文名，就算用也用的是汉语拼音，你们"老外"不方便记忆中文名就多下点功夫吧！钱向来都是不好挣的！以前为了方便"老外"，大家都会起个洋名字，以前的"翠花""狗蛋"叫特蕾西、汤姆的比比皆是，现在的"老外"起中文名反而成为一种时尚！值得一提的是很多人在起英文名时不太注意文化背

景，有些女生喜欢用"Cherry""Candy"之类的名字，实际上这是风尘女子惯用的名字；有些男生用"Jackson""Tomson"之类的，你哪里是杰克之子、汤姆之子啊？

在这种大环境下，像大伟这样放弃国内的大好前程而跑到其他国家喝西北风是非常不明智的。

男人追求的是职业的成就感，男人活得就是精神劲儿。无奈之下大伟的妻子只好又让他回国了。幸运的是，大伟工作经验丰富，技能扎实，回去后很快就又在一家上市公司获得了高管的职位，薪水还比移民前翻了一番，足够维持他们全家在墨尔本的花销。从此，大伟成了货真价实的留守男人。

大伟的妻子也想开了，看老公在国内发展得很好，本想带着孩子重新回国读书，全家人也好团聚，但一想到已经把老公折腾一回了，实在不忍心再折腾已经适应了墨尔本生活的孩子。再说，当初移民的目的也是为了孩子的教育，打算等再过几年孩子读大学了，能够独立了，自己就回国与大伟团聚，他们两口子实在不适应墨尔本的环境。等将来彻底退休了再回到墨尔本养老。

现在大伟成了空中飞人，节假日来到墨尔本跟妻儿团聚，平时就在国内上班。别人来墨尔本旅游，回国都带各类保健品、奶粉、奢侈品等各类代购品，而大伟每次回国，她老婆都给他蒸了很多包子、馒头，每次大伟都扛着两大箱包子和馒头回国。

另外一对华人夫妇朋友，他们以前也在北京工作生活，妻子桃瑞斯在一家外企做财务，功底十分扎实，同时英语基础又好，来到澳大利亚后如鱼得水，在澳大利亚一家颇具规模的本土公司里做到了财务总监，而她丈夫来澳大利亚后一直没能找到工作，就在家里带孩子，两个孩子一个4岁，一个2岁。两个孩子被她丈夫带得又黑又瘦又小，脏兮兮的，桃瑞斯对丈夫带孩子的期望值很低，"爸爸带娃，只要活着就行了"，看来男人真的不适合带孩子，还是得奔事业。

在墨尔本以及澳大利亚其他城市，像大伟家庭这样的陪读妈妈的群体越来越大。这是一种很特殊的现象，是一种在中国人看来很正常，而在当地人眼中无法接受的生活状态。不用多问，就知道大多数中国家庭移民主要是为了孩子的教育问题。中国父母是世界上最伟大的父母，为了孩子的未来，往往什么都可以牺牲。

澳大利亚的幼儿园和小学教育，更注重培养小朋友们的人生观和价值观。澳大利亚式教育更倾向于把孩子教育成感情丰富、能够学会真实表达的人，不做作、不虚伪，他们对成绩不太在意。这种不那么急功近利的教育，更容易让孩子们拥有一个健康、快乐的童年，长大后人格更加健全，心理更加健康。

在澳大利亚，从小学到高中都是免费义务教育，即使到了大学阶段，孩子也可以自己申请学生免息贷款，工作之后再偿还。即便一个孩子读到博士，他也可以领取不低于正常工薪阶层的薪资，就是说他即使是依靠读书深造，都能养活自己。

澳大利亚在教育方面的优势吸引着中国的父母们不顾一切相继登陆这片大陆。但是，澳大利亚虽然国土面积位列全球第六，但真正的城市只有两个，一个是悉尼一个是墨尔本，全国人口仅仅2500万，经济不像中国那样有活力，工作机会和商业机会也不像中国那么多。移民之后能否在澳大利亚找到合适的工作、找到生意上的机会是个非常现实的问题，尤其对于中年移民群体来说，澳大利亚的新生活更是一个巨大挑战。很多移民在澳大利亚不会像在中国那样如鱼得水，所以在权衡利弊之后，他们选择让妈妈陪孩子到澳大利亚读书，爸爸留守国内继续挣钱。这造就了目前国内的一种新的群体——留守男人。

留守男人是种无奈的选择。大部分人开始考虑孩子的教育问题时都已经三四十岁了。这个年龄段的人大多数在国内已经有了一定的事业基础，小有成就了，如果全部放弃，到澳大利亚开始新生活，的确是需要很大勇气的。仅仅有勇气是远远不够的，没有当地的教育背景和工作经验，英语水平又不够好，再去补习英语需要投入极大的精力和时间，最终能找到专业工作的可能性非常小。在澳大利亚工作，如果想找份非常体面的工作，对英语要求极高，绝不是雅思7分、英语八级能对付得了的。

据大数据统计，每年大约有60%获得永久居民身份的新移民由于各种原因无法适应澳大利亚的新生活而又回归国内。这60%的移民大多数是技术移民，而对于花了上千万而获得永久居民身份的投资移民，为了保持永久居民身份，他们大多会选择让老婆和孩子在澳大利亚读书，自己继续在国内打拼事业。

随着留学生越来越低龄化，在墨尔本有这样一道特别的风景，一位华人妈妈开着一辆SUV，一开车门，像卸苹果一样卸下来几个孩子。也许这些都是自己的孩子，也有可能是帮其他华人妈妈带的，在墨尔本，陪读妈妈们早已默默地达成共识，互帮互爱，团结起来克服一切困难。

在墨尔本的陪读妈妈群体中，也有实现财务自由、视金钱为数字的，这个群体在墨尔本生活已经是衣食无忧了，但她们的老公还是不愿来澳大利亚长期居住。这类留守男人以"在国内的生意需要打理"为借口拒绝来澳大利亚。他们宁愿做空中飞人，往返于国内与澳大利亚之间，虽然表面上说自己很无奈，实际上却享受着鱼和熊掌兼得的生活。

他们如果在国内工作累了，雾霾吸够了，就飞来墨尔本洗洗肺、看看诗和远方，享受一下家庭团聚的欢乐。待上一段时间，风景看够了、新鲜劲儿也过去了，叛逆期孩子教育问题、家长里短的各种烦心事一块来了，再加上老婆的唠叨，他们又开始想念国内无人监管、灯红酒绿的自由生活了。

于是他们便开始收拾行李，盘算着早点回国，而妻子在一边默默看着自家男人收拾东西而伤心不已，这时男人会很温柔地安慰妻子："回去挣钱才是硬道理，要不怎样维持你们在澳大利亚的奢侈生活？孩子要读名校，哪样不花钱啊……"

看似万般无奈实际上归心似箭的老公回国去了，陪读妈妈们不得不独自面对家庭和叛逆期的孩子，不得不擦干眼泪，逼迫自己坚强起来。

每年国庆、春节长假，飞墨尔本的机票比平时贵了3倍多，因为这段时间是国内"雄性候鸟"集中来墨尔本栖息的时间。

随着中国经济的腾飞，国民生活质量提高之后，越来越多的国人移民澳大利亚，但在澳大利亚短暂生活后又回流的人也越来越多。说白了，还是因为"这不是我想要的生活"。

不过，也有很多移民家庭在澳大利亚过得很幸福、开心，这个完全要看一个人的性格和家庭情况。有不少人在移民后能克服语言障碍、人脉资源、文化差异等各种问题，还能让自己的新事业再创新高，超越在国内的成就，相当不易。而达到此种境界的人不在少数！

▼ 墨尔本商务区

实际上，澳大利亚本土的中老年人找工作还是比较有竞争力的，但中国的中年人来到澳大利亚后之所以不太好找工作，最大的劣势在于英语水平和跨文化交际能力上。

澳大利亚社会的宽容度比较高，人们可以有各种各样的从业经历，哪怕年纪再大一点，仍然有机会从事各种各样的工作，40多岁的空姐、50多岁的空哥都是司空见惯的。因为一个人的经历丰富、能力多元，年龄大不但不是劣势，反而还是优势。在澳大利亚人的认知中，一个人拥有丰富的人生阅历，在工作中遇到复杂问题处理起来会更加得心应手。所以在招聘中，他们不会因为候选人上了年纪而把他拒之门外，也不会限制性别。恰恰相反，他们更加乐意雇用中老年人。这样看来，将来我60岁退休了以后转型去申请国际机构的同声传译或公务员职位也是完全有可能的，当然了，前提条件是智能机器人翻译行业先崩溃掉。

澳大利亚职场之所以对中老年人如此宽容，大概是因为人口稀少，竞争没那么残酷的缘故。

对于移民，要理性对待。如果你在中国感觉不到幸福，到了澳大利亚你可能会更加绝望；如果你在国内爱抱怨，到了澳大利亚你抱怨的东西会更多，因为澳大利亚也有很多地方不尽如人意。墨尔本有墨尔本的好，北京也有北京的精彩。在墨尔本生活上一段时间，就会开始想念北京的美味佳肴，这两个城市要结合起来才完美，所以双城生活是最美好的，在墨尔本生活一阵子，再回北京生活一阵子。

在中国是大发展、大机会和大幸福；而在澳大利亚是小发展、小机会和小幸福，在澳大利亚过的是一种淡泊平静的小日子。

但无论在哪里，我们都要热爱生活。世上只有一种幸福，就是在认清生活真相之后，依然热爱生活。

 ## 我从船上来

在澳大利亚，你绝对不会有自己是外乡人的感觉，因为澳大利亚是个移民国家，这里有着各个国家的文化，澳大利亚有200多个民族，使用140种语言，澳大利亚奉行多元文化政策，各个民族和睦相处，处处体现了包容的文化。

也许有个人是在澳大利亚出生的，但他的父辈，或者他父辈的父辈很有可

▼ 各民族和谐地生活在同一片蓝天下

能是从别的国家移民过来的,无非是抵达澳大利亚早晚的问题。

所以在澳大利亚流行着这样的说法,如果有人问你:"你从哪里来?"你可以这样回答:"我从船上来。"分分钟彰显出你的文艺范儿。不过,近几年情况有所变化,如果还这样回答的话,你很有可能会被误认为是难民。

我家右边的邻居是位老太太,她是来自意大利的移民,非常热情,总是希望我们能经常去她家里做客聊天。她有四个女儿,都在澳大利亚生活,她也就跟着来到澳大利亚。她年轻时一直想生个儿子,但最终还是事与愿违,所以她特别喜欢我家小平果。左边那一家的房子出租出去了,租客来自墨西哥。那位墨西哥邻居看到我会讲西班牙语,再加上我曾在墨西哥城工作过,每次见我都非常热情,用他的话说他直接把我视为老乡,我也大大方方地接受了这个老乡。不过他有典型的拉丁美洲人的特点,特别爱搞派对,吵吵闹闹,十分烦人!

以前,我一直错误地认为澳大利亚距离拉丁美洲十分遥远,这里来自拉丁美洲的移民应该很少,西班牙语不会太流行。后来才发现,西班牙语在澳大利亚相当普及。所以在澳大利亚会多种语言,绝对不会感觉寂寞。

中国人是远远早于欧洲移民抵达澳大利亚这片大陆的。据历史记载,中国探险家到达澳大利亚的时间要比欧洲人早很多,早在15世纪的明朝,已有船队和渔夫来到澳大利亚并和原住民进行贸易往来。

直到17世纪初,才有西班牙、葡萄牙和荷兰殖民者先后抵达澳大利亚。1770年澳大利亚沦为英国殖民地,1901年组成澳大利亚联邦,成为英国的自治领地,1931年成为英联邦内的独立国家。

墨尔本被公认为世界体育之都,因为它有更多的顶级运动设施供居民享用。这里遍布网球场,而且场地都是国际比赛标准,高尔夫球场也遍布各个社区。

澳大利亚人天生热爱运动,在运动方面表现得非常优秀,他们的网球、游泳、橄榄球、板球等在国际比赛中往往占据很大优势,墨尔本每年举办的赛马节吸引着世界各地的人们。

在澳大利亚，户外运动是交际的最佳方式。两个陌生人相遇，谈论最多的话题就是运动和旅行，都跟大自然户外运动相关。

我觉得我特别适合在墨尔本生活，因为我喜欢网球、游泳等。运动能让人产生快乐因子，喜欢运动的人是快乐的。

在澳大利亚，闲暇时间太多，把大把时间用在亲近大自然和运动上最合适不过了。每个周五，"游手好闲"的费奇会准时打电话约我周六去游泳。但去了游泳馆几次后我实在不想去了，因为太没有底气了。

那天，我们去了露天游泳馆，虽然人不多，但穿着泳装你才发现，金发碧眼的澳大利亚男人几乎个个都是古铜色的健康肌肤，体格健壮、肌肉线条分明，一身阳刚之气。

虽然我曾经去武术学校进修过，也拿到了武术学校的毕业证书，一直对自己的体形十分自信，但在这种场合下还是算了吧。虽然我偶尔会有点小自恋，但还是知道自己的真实斤两的。

我悄悄地躲在岸上的太阳椅上先观察一番。费奇在泳池前做着入水前的准备活动，伸伸腰、甩甩胳膊、踢踢老腿，那体格跟澳大利亚本土男人形成了强烈的反差，他既没有古铜色的健康肌肤，也没有强健的肱二头肌，肌肉线条也不分明，从头发丝到脚趾都没法跟当地人比。费奇明显没有意识到这一点，自顾自地活动着自己的那把老骨头，兴致勃勃地，全然不顾身边的环境。

再看看旁边那群澳大利亚女士们，她们身着泳装，简直跟游泳健将一个体形，她们的胳膊跟我的腿差不多粗。

这就是为什么澳大利亚男人比较钟情于中国姑娘的原因，在他们眼里，女人就应该是小巧玲珑、小鸟依人、弱不禁风的。

下水了，100米的泳池费奇才游了一半，那几个女士已经游了一个来回了，他被人家甩了好几条街。游了半个小时，费奇感觉颜面扫地，灰头土脸的。

"吴大利亚，待在岸上干吗？快下水！"费奇站在水里，冲我大喊。

▲ 热爱运动的墨尔本人正在划船

费奇巴不得我赶快下水，好让泳池里多一个跟他一样游泳不那么快的人，好让场景不那么尴尬。但我就是不肯下水，费奇只好灰溜溜地上了岸。

澳大利亚人游泳的确很厉害，他们总能在国际游泳比赛中拿金牌。

我比较有自知之明，在大家都游累了上岸休息喝咖啡的时候才下水游了一会儿。

后来我和费奇再也不去游泳了。费奇跟我吹，说他读EMBA时是学校的足球运动员，拿过很多大奖，在他们学校的足坛上如何叱咤风云。

我们路过社区的足球场，有一群当地的女士在踢足球，费奇说他一看到足球脚就痒痒，想要冲上去踢一会儿，我猜测他是游泳受了点挫折转而想从踢足球这件事情上重新找回男人的自信。

费奇冲上去踢足球，结果还没踢上两脚，就被撞得满天飞，半个小时不到就鼻青脸肿地回家了，比在泳池里还受打击。

后来费奇又跟我打网球，打了两次我实在不想跟他一起打了。每次在球场上，他那把老骨头跟上过油了似的，非常灵活，坏心眼的费奇每次都故意使坏把球打到底线上，他还故意做假动作，假装往左边打，实际上会把球打到右边去，害得我在球场上左右来回跑。更可恨的是每次费奇都要打比赛，而我喜欢打和平球，他说打比赛才好玩。费奇是典型的从剧烈竞争的环境中成长起来的人，争强好胜。

社区里有6块国际比赛标准的网球场地，不打网球对不起澳大利亚明媚的阳光。澳大利亚全民都喜欢打网球，在网球场上结交朋友是种非常重要的交际

▼ 居民社区随处可见网球场

▲ 热爱运动的墨尔本人

方式。

　　我就是在网球场上认识了邻居卡洛斯，听到这个名字就知道他是来自西班牙的移民。

　　卡洛斯5岁时随父母移民到澳大利亚，他今年40多岁，在附近的大学教授历史。在澳大利亚遇到教历史的老师简直是个奇迹，澳大利亚的历史短暂，居然也专门开了一门学科。

　　我会讲西班牙语，对西班牙文化也比较了解，在卡洛斯看来是件很惊奇的事情，因为在澳大利亚工作生活的华人会讲西班牙语的比较少。更奇妙的是我在阿根廷布宜诺斯艾利斯工作的那段时间，卡洛斯也正好在当地的一所大学教英语，而我们居住的地方离得非常近，也许我们当年已经擦肩而过很多次了，只不过互不相识而已。而时隔十几年之后，我们在墨尔本居然成为邻居。这个世界很奇妙，有时候你会发现冥冥之中两个人的人生轨迹在某个点上产生交集。卡洛斯说见到我总是有一种亲切感，把我视为老乡。实际上我的西班牙语已经很久没用了，早已锈迹斑斑，但每次跟卡洛斯约球、交流，卡洛斯都倾向于说西班牙语，于是我的西班牙语也快速地恢复到了之前的水准。

澳大利亚人的体能真的是棒极了！每次打网球，我跟卡洛斯一对一进行单打，总共下来是两个小时，每次我都得中场休息一次，两个小时下来，我被折腾得气喘吁吁、疲惫不堪，但卡洛斯则面不改色，气不发喘。

在北京时，我们小区有三个网球场，我也经常跟球友们打球，连续打两个小时中途不用休息也没什么感觉，在小区网坛上我也算得上是风云人物了。而现在跟卡洛斯打居然如此疲惫不堪。但运动过量容易低血糖，卡洛斯也不像表面那样体壮如牛，他有低血糖的问题。

周末的一天，一大早，网球场上便活跃着我们矫健的身影。打着打着，卡洛斯突然昏倒在地。那天他忘了带巧克力，打球的过程中没能及时补充糖分，吓得我赶快打电话叫救护车。

一听到我在叫救护车，昏厥中的卡洛斯一下坐直了身子，紧紧地抱着我的大腿大喊："别别别！不要叫救护车，叫一次几千块就没了！"澳大利亚的救护车奇贵无比，出一趟车就是几千澳元。卡洛斯看我挂掉电话，才放心地又晕了过去。

一次，一位女生在大街上行走，由于低血糖眼前一黑，在晕倒前她使出浑身力气喊出："千万别叫救护车！"

朋友夫妇住在公寓楼里，做饭时老公拼命用扇子扇油烟，炒菜油烟比较大，而墨尔本的烟雾探测器十分敏感，一旦警报声响起，来了消防车，收费也是很昂贵！

说多了都是泪……

最后在球友们的帮助下，我们用私家车把卡洛斯送到了医院。

由于卡洛斯是历史老师,我对历史非常感兴趣,每次我们打完球都会去咖啡馆交流一番。

由于以前在南美洲工作生活过很长一段时间,而南美洲和澳大利亚的历史颇为相似,都是西方列强的殖民地,也有相同丰富的矿产资源和发达的畜牧业,也没有遭受两次世界大战的破坏,但澳大利亚最终却发展成了发达国家。如今的澳大利亚人民生活富裕、民主自由,社会祥和安定。澳大利亚人均国民生产总值排名世界第五,并被瑞士信贷集团列为世界财富中位值最高的国家。反观南美洲的那些国家基本上都是发展中国家,社会动荡不安,千疮百孔。对于这一问题,我跟卡洛斯交流了一番。

"一个国家的政治制度在很大程度上决定了经济发展。而一个国家现在的政治制度,又和这个国家一开始的政治制度休戚相关。"卡洛斯说。

"当西班牙人和葡萄牙人到达南美洲的时候,他们发现这个地方物产丰富,盛产黄金白银,便大肆屠杀当地的印第安人,掠夺金银财宝。殖民者一开始就建立了一套等级制度,残忍地奴役和剥削当地人民,驱使他们开采金银、种植粮食,供殖民者享用。澳大利亚一开始是一个罪犯流放地,而不是一个矿产资源开采地,一开始并没有建立一个带有奴役性质的政治、经济体系,维持了较为平等的开端,将英国相对先进的政治制度引入了进来。"卡洛斯补充说。

"于是这些地区在初始的政治体系之上逐步发展,就衍生出不同的结果。澳大利亚发展成了发达国家,而南美洲的那些国家却发展得一塌糊涂。跟人生一样,起点直接决定了自己未来的高度。"我说道。

澳大利亚能够迈入发达国家行列的主要原因是英国留下来的制度和社会架构,次要原因是资源丰富。

大家可能有种误解,总以为澳大利亚一开始是英国用来流放犯人的地方。事实并非如此,囚犯毕竟只占一小部分,因为在历史上的不同时期,持续不断地有各阶层的英国人和欧洲人拥入——有农民、各类技术移民,也有富有的资本

家。早期的移民也有很大一部分是受了墨尔本"淘金潮"的影响而来到澳大利亚,他们共同书写了澳大利亚的历史。

在全球多项指数与排名(例如生活质量、健康、教育、经济自由度、公民自由度与政治权利)中,澳大利亚都名列前茅。澳大利亚的历史表明,合适的法律和制度才是经济发展的根本原因。所以不要肤浅地以为只是丰富的资源和发达的畜牧业促成了澳大利亚的繁荣。

我跟卡洛斯比较有共同语言,有一段时间,他几乎成了我关系最好的邻居,我们经常在一起打球、交流。

随着时间的推移,我对卡洛斯的了解更加深入了,无意中得知他的妻子在一家十分特殊的俱乐部工作。那家俱乐部的性质不仅在中国的传统文化中,就算在十分开放的西方文化中,也是严重违背道德的。

知道卡洛斯家的这个小秘密后,的确让我震惊了很长一段时间,我决定疏远他们。在我看来心理正常的人是绝对不会从事那种工作的。我曾跟很多澳大利亚当地朋友交流过,他们说换成是他们,也会疏远卡洛斯家的,并不是我大惊小怪、小题大做。好吧,看来大家认知、想法相同。

一次,我在社区跑步,迎面碰到卡洛斯。

"吴大利亚,好长时间不见你打球了,你在忙什么呢?"卡洛斯问道。

"看我的新眼镜,可以防止电子产品对眼睛的伤害。"我说。

"新换的眼镜啊!还发着蓝光。"卡洛斯说。

"这是防蓝光眼镜,也叫有色眼镜!"我说完,头也不回地跑开了。留下卡洛斯一头雾水。

是啊,文化背景不同,卡洛斯怎能理解我说的有色眼镜的意思呢?当然了,我也不能戴着有色眼镜看人,仅仅是跟卡洛斯开个玩笑而已。

春去秋来,转眼间几个月过去了。一个周末,我们带着小平果去逛街,在社区街角处,偶遇卡洛斯。

"吴大利亚,去散步啊?好久没打球了,一会儿去打球啊?"卡洛斯说。

"我们要去逛街。"我推脱道。

"逛街一个上午就行了,我们下午去打,好久没一起打球了。"卡洛斯说。

"我们要逛一天的,傍晚才回来。"我说道。

"逛那么长时间啊?"卡洛斯惊讶地说。

"是啊,经济需要我们。"说完,我们推着小平果的小推车出发了。

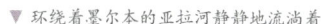

▼ 环绕着墨尔本的亚拉河静静地流淌着

幸福在当下

真正的幸福是脱离了物质追求的一种心灵感受,幸福不受地位、权势、财富的约束,是人生路上大智慧的一种体现。无论身在何处,乐观、自信之人,自然会把人生活成一场喜剧。

# 费奇的澳大利亚梦

费奇频繁出现在我的文章中,我觉得有必要对他的情况做个介绍。

费奇移民前在国内也算是比较成功的"企业家"了,他早年跟朋友一起创业,一路打拼到企业成功上市。这一路走过来,有的合伙人在上市前就分道扬镳了,也有的刚刚上市还没来得及分享到上市盛宴就猝死在工作岗位上,只有费奇笑到了最后。

之所以在企业家这三个字上打了引号,是因为在我看来,并不是随便开个公司挣点钱就能叫企业家了,真正的企业家指的是有底线、有良知、有信仰,勇于承担社会责任的人。

费奇的运气极好,急流勇退。股灾爆发前,在公司市值的最高点把股权全部卖掉,成功套现,绝对是人生赢家。按照他既抠门又小气的消费风格来看,这笔钱足够他花上几辈子了。

费奇对我来说是半个朋友,同时也是半个仇人。费奇在炒作公司市值方面十分精明,擅长做PPT、讲资本市场故事、追热点、炒概念、玩财技、搞运作、吹大牛。几年前,我们公司出资几个亿投资费奇公司的定向增发,锁定期三年,结果到期解禁之后,我们公司一分钱也没挣到,相当于这笔钱让费奇的公司免费用了3年,如果这笔钱存银行定期,这3年下来也有几千万元的利息了,而且资金都是有时间价值的,这样算下来我们公司算是亏大了。费奇公司不仅坑了散户股民,连我们这种专业投资机构也一起坑!

所以你们可以想象我对费奇的感觉了,又气又恨但又没办法,因为人家这种融资手法完全是合理合规的,我们只好把打碎的牙往肚子里咽了。我唯一能做

的就是竭尽全力抓住一切机会对他冷嘲热讽……

费奇振振有词地说:"曹操就特别喜欢别人数落他、骂他,每次听到有人挖苦他,就觉得非常愉悦,甚至头疼病都减轻了不少。这是因为,那些人大多是出于妒忌。被他们数落,反而能证明自己的影响力多么巨大。"费奇说完还哈哈大笑!

这都是什么乱七八糟的逻辑啊,居然把自己比作曹操。当年费奇公司融资路演时,他激情高涨,吹嘘自己公司布局的是产业生态链,今年100亿市值,未来就是上千亿市值,拿着全球500强上千亿市值的公司作为自己的对标。

费奇说,每当别人对他热讽冷嘲挖苦或者污蔑时,他不但不生气反而很高兴。他对我说,"你的文章发表后,个别读者故意恶意评论,他们无非是出于妒忌,刷刷存在感罢了!你能被人妒忌说明你已经有了一定的影响力,所以别人污蔑你时,你也应该很高兴。"

认识费奇这么久了,就他这句话听起来还算靠谱!不过我没精力去分析费奇说得对错,本来写文章已经很累了!我只是把自己好玩的经历记录下来,将来退休了也好翻看一下自己曾经走过的路和经历的事,所以对于别人的评论,我是无所谓的。

费奇有时候是挺有智慧的,不过,他有严重的受虐倾向,在心理学上被称为受虐型人格障碍。有这种心理的人非常奇怪,越是被数落、被踩踏、被虐待,就越开心。

我之所以如此毫无顾忌地在我的文章中把费奇的真实嘴脸描述出来,实际上是得到了他的授权。费奇说:"以前一直戴着面具生活,现在在墨尔本,呼吸着自由的空气,一定要活出真实的自我而不是别人眼中的我。"

"好山好水好寂寞"这句话用在费奇身上再恰当不过了,由于费奇在澳大利亚不工作,以前他在国内的那种日日笙歌、花天酒地的娱乐方式在澳大利亚施展不开,再加上他的朋友人脉圈也基本上在国内,所以他倍感寂寞。

费奇的太太倒是倍感幸福、快乐，因为费奇天天待在家里陪着她，以前在国内时费奇忙着打拼事业，整天不在家，费奇太太经常独守空房。澳大利亚的环境把费奇彻头彻尾地改造成标准好男人了，以前费奇在国内是甩手掌柜，家务活绝对不会碰一点点，而在澳大利亚实在太过无聊，费奇居然每天主动下厨房做饭、拖地搞卫生，样样精通，还把家里后花园的各种花草、蔬菜打理得井井有条。费奇太太简直乐坏了，逢人就情不自禁表扬自家的模范丈夫，天天发朋友圈晒夫妻甜蜜照给国内的老姐妹看，移民墨尔本简直是太对了。

每周五晚上，费奇会准时给我发微信，约周末运动、学习或者其他活动的事。有时候我实在不想理他，就假装没收到微信，不予回复。狡猾的费奇会立刻发过来一个红包，虽然数额只有6.68元，但我还是来者不拒，谁不喜欢红包啊！不管别人嫌不嫌红包小，反正我是一看到红包就喜笑颜开的，苍蝇腿也是肉。然后费奇会发过来这样一句话讽刺我，"你无法叫醒一个不回你消息的人，但是红包却可以"。有时候想想，费奇也是相当睿智好玩的一个人。

周末见到费奇，他十分夸张地感叹："澳大利亚生活太无聊了，大把大把的闲暇时间而无事可做，我这从来不爱看书之人，硬是把你写的那本书翻来覆去地给看出褶子来了！你那重口味的表达方式，我喜欢！"

由于费奇的语言不通，又有大把大把的时间，他就跟着我学习英语。第一天上课，我教了他两个英语单词，tree（大树）、new（新），费奇学习外语相当有天赋，很快就学会了，而且还能熟练地连起来读"tree new"，读着读着，费奇说，不对劲啊，听起来怎么像中文的"吹牛"啊？

"对呀，从我认识你的那天起，你就一直在吹牛啊！"我漫不经心地说。

"吴大利亚，你心眼太小了吧！我不就亏了你们公司点钱吗？你至于像滚车轮一样处处讽刺、挖苦、捉弄我吗？"费奇十分愤慨地说。

"你太敏感了吧？我这不是用联想记忆法帮助你快速牢记英语单词吗？你都那么大年纪了，按正常方法你能记住单词吗？"我振振有词地反驳他。

费奇一副哭笑不得的表情……

为了广交朋友、打发时间、快速地融入当地社会,费奇找我商量,打算周末在家里搞一场烤肉聚会,邀请全社区的邻居前来聚会,借机认识整个社区的邻居。

"澳大利亚人是挺喜欢聚会的,也很喜欢聊天交朋友,但澳大利亚人跟你交朋友大多是出于有共同的兴趣爱好、有共同语言,他们交朋友的想法简单、单纯、不带有功利性。所以这种邀请大家来聚会的方式不一定真能交到朋友,主要还得看自己的磁场了。"我说。

"可拉倒吧,有酒有肉就有朋友,这是放之四海而皆准的真理。"费奇自信地说,典型的暴发户心理。

周末,费奇的烤肉聚会如期举行了。场面十分壮观,来了很多邻居,家家都是全家出动,澳大利亚人的家庭观念十分强烈,周末都是全家集体去户外参加活动。

小孩子们在草坪上玩耍游戏着,大人们手中端着酒杯,互相交谈。大家的话题无非就是外出旅行、房车游、户外运动、正流行的电影等,没人去谈论工作、房子、车子、挣钱多少的话题。

我跟邻居们隆重介绍了这次聚会活动的主办方——费奇夫妇,邻居们很友好地表示感谢,感谢他们提供了一个很好的机会供大家交流。

很显然这次聚会对费奇夫妇没什么效果,但我却出尽了风头。

大家的话题总是很自然地过渡到了各地旅行上,他们明显对南美洲非常感兴趣,得知我曾在南美洲工作生活过,交流了很多关于南美洲的风土人情等话题,我把当年在南美的各种奇遇以及欧洲房车游的经历讲给他们听,最后快变成我的个人演讲了。

聚会结束了,人们各回各家,一切恢复了平静。澳大利亚当地人不会因为你招待了他就会跟你成为朋友,能否成为朋友,还是要看彼此的价值观、兴趣、爱好、共同语言等。

费奇是有钱人，在国内自然会有很多人像花蝴蝶一样围着他上下翻飞。而在澳大利亚，大家不以挣钱作为人生的主要目标，也不以金钱作为一个人成功与否的标准，没人会因为你有钱而围着你转，也不会因为你有钱而尊重你、靠近你。就算你很有钱，但如果你的行为方式不够得体，你照样会被鄙视。

来到澳大利亚生活的费奇，逐渐发现并接受了这个令自己越来越失落的现实，发现自己身边少了那一份熟悉的羡慕，多了一份失落。在国内，印有董事长、总裁的名片满天飞，而在澳大利亚分发印有董事长头衔的名片，结果却并不管用。于是费奇又一掷千金，买下豪宅豪车。可气的是竟然连那些身居陋室、开破车的澳大利亚人也岿然不动，不肯景仰这个擦身而过的大老板，当然更不会有人会注意到他袖口的名牌标签。

通过投资移民来到澳大利亚的同胞们，很多人会重新购买一个新产业。虽然费奇早已实现财务自由，衣食无忧，但天天游手好闲，十分无聊，所以我建议他买个什么公司经营着，挣不挣钱不重要，要让自己动起来，有点精气神是最重要的。

一开始费奇觍着脸说自己一直在琢磨着做点什么，他这么高身价了，早已把利益看淡了，现在重出江湖，主要还是想为社会尽一份责任，多提供几个就业岗位，顺便打发无聊的时间。听到此话我热泪盈眶，顿时感觉费奇十分高尚，立刻把这位金钱的光芒与道德的光辉都可以普照世人的费奇又从头到脚好好地打量了一番，这真是一个全新的费奇。

然而仅仅一周的时间费奇就改变了主意，在他看来他在国内是商业奇才，经营企业十分成功。现在也是宝刀未老，要发挥余热，要干就得定一个能挣钱的目标。

"吴大利亚，你觉得买个咖啡馆如何？"费奇问我。

"买咖啡馆啊？十个移民有九个都是做咖啡馆生意的，还有一个是发现咖啡馆生意难做而刚刚把咖啡馆给卖掉的。墨尔本是咖啡之都，最不缺的就是咖啡馆，每50米一个咖啡馆。咖啡馆比喝咖啡的人都多，所以星巴克在这里是没有立足之地的。"我泼了费奇一盆冷水。

我接着说："如果你是以营利为目的而做生意的话一定要做一些有创新性的、Special（特别）的东西，要差异化竞争，这样才能杀出一条血路，立于不败之地。"

"四拍手是啥东西？"费奇一脸蒙圈。

"四拍手是英文，'特别'的意思，真老土！"我说。

"哦，又学了个英文单词。"费奇说。

"也许你可以开个葡萄酒交际俱乐部，解决大龄未婚男女的终身大事。根据官方统计，澳大利亚单身女生比单身男生多了25万人，市场空间巨大，足以支撑你的俱乐部未来IPO上市，而且商业模式也比较简单，你提供场地，向会员收取服务费，他们又不是你公司的员工，你不用给他们交社保，等等，你还能趁机交到很多朋友学到很多葡萄酒专业知识，同时又能学到很多外语。这种行业特别适合你这种既小气又想挣快钱的老板。而且这个行业跟人们的衣食住行、日常消费息息相关，不愁没客源，未来利润会十分可观，再加上是轻资产运作模式，又不用投入太多，很容易IPO上市的，而且澳大利亚企业上市采用注册制，成功率极高，到时候我来给你操刀搞IPO。"我滔滔不绝，给费奇讲了一大堆。

听到这里，费奇的那张老脸笑得跟朵花一样，他用笑容把双眼挤成一条缝不让贪欲外泄。

"这主意棒极了，到时候还可以再割一把澳大利亚的洋韭菜！"费奇兴奋地大喊。

"什么人啊？天天想着割韭菜，你能不能靠谱点？"我十分鄙视地看着费奇那张由于兴奋而扭曲了的老脸。

费奇立刻十分认真地拉我投资入股，我才不愿意呢，我对自己相当了解，

▲ 墨尔本是咖啡之都，好喝的咖啡不计其数

我的优点是比较善于发现商机，但缺点是缺乏冒险精神，所以我这种人只适合做职业经理人，不适合做老板。对自己的优缺点有清晰的认识也不是什么坏事，每个人都有自己的优缺点，人贵在有自知之明。

太完美的人都是虚假的，有缺点的人才最真实。

关于开葡萄酒交际俱乐部，我只是开开费奇的玩笑而已，根本没当真，但后面发生的事情真是让我震惊不已。

费奇找了个华人律师，很快办好了所有牌照，两天就把公司注册了下来，澳大利亚是个非常适合创业的地方，注册公司的效率极高。就这样，葡萄酒交际俱乐部轰轰烈烈地开张了，开张那天，费奇还专门去华人区请人来舞狮子，现场彩旗飘飘、锣鼓喧天，人山人海，相当热闹。

费奇忙得不可开交，再也不觉得寂寞了，时不时会兴高采烈地在朋友圈里晒出自己在澳大利亚二次创业的心得体会，并无病呻吟地感叹下"累并快乐着"。他再也不理我了，周五也不给我打骚扰电话了。

一天，费奇在朋友圈里晒出这样一句话，"那么多在国内叱咤风云的成功人士移民澳大利亚后事业受挫，没想到我这个老头子却在这里如此如鱼得水，真应该早点来澳大利亚，真想向上帝再借500年！"透过这句话可以想象到费奇那副小人得志的模样。

现阶段的费奇高尔夫球打着，红酒喝着，袋鼠肉啃着，小日子过得相当潇洒。

时光荏苒，快乐美好的日子总是过得飞快，从初夏我们谋划开葡萄酒交际俱乐部的那个午后，一晃就到了深秋。秋天是算账的季节，一天，我突然接到费奇的电话，约我在咖啡馆见面。

此时的费奇灰头土脸，意气风发的模样早已荡然无存。原来费奇不择手段地追求剩余价值，为了偷税漏税大量收取现金，后来被人举报，罚了很大一笔钱，并被勒令停业整顿。澳大利亚的法律非常严格，分分钟能罚得你倾家荡产。

"失败乃是成功之母,失败并不可怕。"费奇灰头土脸地自我安慰。

"的确,失败并不可怕,可怕的是你还相信这句话,更可怕的是你不知道从失败中吸取教训,还继续重蹈覆辙。"我实在忍不住想打击他。

费奇找我商量看下一步从事什么行业比较好,毕竟他已经从葡萄酒交际俱乐部的经营中尝到了甜头,不会轻易偃旗息鼓的,不甘心就这样轻易地进入退休状态,而是打算越挫越勇。

"你知道墨尔本全城的华人最空虚的是什么?"我神秘兮兮地说。

"不知道。"费奇的脑袋摇得跟拨浪鼓一样。

"全墨尔本的华人最空虚的是胃!要不你开中餐馆吧?俗话说得好,生意做遍,不如卖饭!衣食住行,谁也离不开!"我建议道。

"中餐馆啊,墨尔本最不缺的就是中餐馆,遍地都是,华人区里一大片,就算是澳大利亚当地人社区也有一大片。中餐馆比吃中餐的人都多。"费奇学着我的口气说着。

"中餐馆是挺多的,但大多数不上档次,现在中国经济腾飞了,国力大增,在世界上很有影响力,国民消费水平日益增高,全世界都知道中国人有钱,但墨尔本的中餐馆始终停留在中国三十多年前的水平上,显然没跟上中国的发展速度和节奏。在澳大利亚当地人眼中,中餐馆是中低端餐馆的印象根深蒂固,我们是时候要做出一些改变了,你就是做出这项重大变革的先驱者,这是一种爱国行为。现在消费升级,墨尔本的中餐馆也得升级了,你可以搞差异化竞争,开一个类似于北京大型商业综合体里的那种非常精美的中餐厅。现在来澳大利亚的新一代移民大多数人经济实力雄厚,又很小资,你的餐厅定位就是小资情调,肯定会大受欢迎的。再说了,墨尔本最大的缺点就是吃的方面不够丰富,你天天吃你老婆做的饭多腻啊,自己开个餐厅,什么都解决了。"我滔滔不绝地分析道。

费奇听完兴奋不已。

"听你这么一说,我立刻感觉自己责任重大,开个中餐馆,我的人生格局

▲ 墨尔本街头的中国元素

▼ 悠闲宁静的墨尔本

也上升了一个新高度,我感觉自己非常伟大!"费奇乐呵呵地说。

"我还有个好主意,谈到爱国,你可以开个以中国传统文化为主题的特色餐厅。开餐厅的同时弘扬了中国传统文化,多有意义啊!"我越说越兴奋。

"什么样的中国传统文化餐厅?"费奇问道。

"澳大利亚当地人非常喜欢看中国功夫片,喜欢中国武术,你可以开个以武侠梦为主题的餐厅。客人一踏进你的餐厅,眼前会展现出这样一幅画面:青砖黛瓦,古韵悠然。头戴珠花的当地女服务员为你斟上一壶桂花甜酒,或是江湖路远、酒幡飞舞,大漠里的红尘客栈给你来碗热气翻腾的汤面。餐厅的名字就叫侠客行。"我兴高采烈地想象着费奇未来的武侠梦餐厅的模样。

"哈哈,有点意思,生意肯定十分红火,要不了多久就得开分店,然后就启动IPO上市,还是让你来操刀IPO,在IPO之前再免费给你点原始股。"费奇把本来应该是我说的话抢先说了。

"真聪明,就是这套路。"我破天荒地赞美了费奇,一改平时对他的打压、讽刺、挖苦。

"一定得招那种金发碧眼的当地人做服务员,还得会讲一些简单的中文,不会中文的直接淘汰!"费奇一脸得意。可能是他当初移民花了上千万,内心十分不平衡,觉得招聘那些金发碧眼的当地人才能让他心里好受点,时时刻刻准备通过剥削当地人来获得快感!

费奇有点犹豫地说:"开中餐厅的话,得招服务员,得给他们交社保,得缴税,澳大利亚的每小时最低工资也得18.93澳元,相当于100块人民币,如果是全职服务员,人工成本太贵,还得交各种税。"

"你可以跟员工商量,工资不开那么高,到年底每人给奖励一辆车,这样既能合理避税,还能拉近你和员工们的感情。"我说。

"可拉倒吧,还给员工送车?做什么梦呢?"费奇说。

"当地很多企业都是这样做的呀,你没看一则报道吗?有家企业年底给员

工们每人奖励一辆奔驰,企业把给员工的这种奖励计入成本,合理避税了,反正是要上交的,还不如直接给员工,这样既拉近了老板跟员工在情感方面的关系,还能让员工出于感激之情更加卖力地工作。你舍不得送奔驰,就每人送辆Smart吧!还方便停车。"我说道。

"说来说去不还是送奔驰吗!"费奇无奈地说。

"不是每件事都注定会成功,但是每件事情都值得一试。"我给费奇扔下这样一句心灵鸡汤给他打气。

那次商议之后,我一心扑在自己的工作生活上,没怎么联系费奇。费奇的中餐厅轰轰烈烈地开了起来,很快就成了墨尔本的一大亮点。他也如愿以偿地雇用了很多当地人做服务员,看着那些金发碧眼的当地人身着旗袍或汉服说着简单的汉语招待客人忙来忙去时,费奇心情十分愉悦。

但有一件事让费奇比较苦恼:"我在国内时别人见我都是点头哈腰的,更不用提自己的员工了,而这些澳大利亚员工们见了我这个衣食父母居然腰板都直直的,真不知道他们哪里来的自信!"

很多澳大利亚人身为粗工阶层,但他们是自信的、心满意足的。当你出入豪华餐厅时,为你服务的服务员不卑不亢,礼貌周到,你会感到他的自信。

费奇的中餐馆有段时间生意出奇的好,搞得费奇飘飘然,内心越来越膨胀。他很快在另一个区开分店,扩大规模,大量招服务员。但费奇明显是没做好市场调研,墨尔本总人口才400多万,怎么可能比得上北京的消费能力啊!好景不长,墨尔本的旅游旺季逐渐淡去,中餐馆的生意渐渐萧条下来,再加上当地服务员十分懒散,不愿意加班,可把费奇急坏了。

"实在不行,就把餐馆卖掉或者大裁员!"费奇问我的建议。

"在澳大利亚裁员一定要十分谨慎,你要妥善安排好所有员工,稍有不慎就会惹上官司。当地劳动法对员工的保护措施极其完善,搞不好要赔很多钱,分分钟让你倾家荡产!"我提醒费奇。

"哼！"费奇很是不屑地冷笑一声，"我呸！我都要卖餐馆了，还管他们的死活？"费奇迎着从澳大利亚内陆刮过来的沙漠风很豪迈地吐了一口唾沫，一阵细碎的水雾随即砸在了他的脸上。费奇还诧异墨尔本的天气简直如同小孩儿的脸说变就变，上一秒还晴空万里，下一秒怎么就下起了雨？等明白过来是自己的唾液被风刮回来时，想躲闪已经来不及了。他抹了一把老脸，悻悻地走了。

生意越来越不好，费奇的心情也越来越糟糕，一看到懒懒散散的当地员工就来气。他不止一次地对着一个叫艾莉丝的女服务员大吼："手脚麻利点，再偷懒立刻开了你！"艾莉丝十分矫情，哪经历过这架势，几次下来就得了抑郁症，见到费奇就全身发抖，后来委托律师把费奇告上法庭，说他作为老板不善待自己的员工，给其心理造成了巨大创伤。法庭判费奇赔偿艾莉丝，艾莉丝无限期休假在家治疗抑郁症，全部费用由费奇承担，工资照发，直到艾莉丝康复。

费奇满嘴酒气，哭笑不得地感叹："这哪里是剥削员工啊，分明就是养大爷啊！我内心也受创伤了，抑郁了，谁来赔偿我啊？"

又过了几个月，我突然接到费奇的电话，说他在警察局，有可能被遣返，我急忙赶了过去。

只见费奇像颗土豆一般窝在沙发里，平日里那张养尊处优的老白脸早已变成了土灰色，虽然额头上没有冷汗，但分明渗出了尴尬、着急和不知所措。

原来费奇的奸商嘴脸暴露了，为了节省成本，他擅自使用非法移民和持有旅游签证但没有工作许可的人作为服务员，遭到举报。费奇惨遭巨额罚款，不过永久居民身份还是幸运地保留了下来。

"这是在澳大利亚，商业规则、经济政策、法律制度都非常严谨，你以前养成的那种奸商思维在这里根本就行不通，只会受到重罚，而且也给咱们中国人丢脸！"从警察局出来，我劈头盖脸地骂费奇，他耷拉着脑袋，默不作声。

"当初不是你出主意让我开中餐厅的吗？"费奇无理取闹地狡辩道。

"你现在赖我了？那我让你把你家所有财产都划我名下你怎么不划呢？再

说了,我建议你开中餐馆又没让你非法使用劳工啊!"我愤愤地说。

"不是每件事都注定会成功,但是每件事情都值得一试。这不是你当时说的心灵鸡汤吗?就是因为你的这句话我才冒险使用非法劳工的。"费奇胡搅蛮缠,继续狡辩。

"难道你不知道我说的是毒鸡汤吗?"面对费奇的无理取闹,我也开始不按理出牌了。

费奇在国内绝对算得上是商业奇才了,然而来澳大利亚后却发现干啥啥不成。他要是安分守己、合法经营,也会取得很大成功,但他总是以投机取巧的奸商思维去行事而无视当地的商业文化、经商规则和经济政策,最后的结果可想而知。

之后的很长一段时间,费奇不再折腾了。他完全想开了,继续过着潇洒的小日子。只不过"寂寞难耐"始终折磨着费奇,他总说在国内朋友多,热闹。

果真如此吗?国内是挺热闹的,我们看似交友十分广泛,朋友众多,从天南到地北、从江湖到官场,各行各业、各个地方,好像朋友遍天下,但真正交心的能有几人?甚至连一个都没有。

"你国内的那些朋友不一定是真朋友啊,当年你犯事儿被拘留时怎么一夜之间你的朋友们、EMBA同学们都销声匿迹了?还急不可待地跟你划清界限!有酒有肉才会有朋友啊!"我提醒费奇。

费奇简单地"哦"了一声又陷入了沉默,脸上一片茫然。

"是啊,当你笑时全世界都会陪你笑,当你哭时只剩你一人悲伤地哭泣!"他消极地说。

"在这个薄情的世界里我们尽可能满怀深情地活着吧!"我这样开导费奇。

费奇的女儿嫁了个金发碧眼的澳大利亚男士,但由于中澳文化差异巨大,费奇跟自己的洋姑爷很难处得来,每次一家人在一起总是会闹不愉快。一次,全家人开车出去玩,费奇不系安全带,而且在车里抽烟,这些在洋姑爷眼中都是不可

接受的恶习。洋姑爷当场就驱逐岳父下车，场面十分尴尬。费奇还喜欢在公共场所大声说话，吃饭咂吧嘴，全身上下都成问题了。费奇"穷尽一生"追求财富的同时却忽略了自身综合素质的提高。

由于中澳两国文化差异巨大，在我们中国人眼里司空见惯的行为方式在澳大利亚人眼中却是粗俗和不文明。费奇夫妇本来跟自己的女儿之间就有代沟，现在又多了一个洋姑爷，加上语言不通，费奇夫妇在澳大利亚的生活感受可想而知了，简直是生活在水深火热之中。

有段时间，费奇夫妇竭尽全力劝女儿离婚，人家小夫妻过得挺幸福美满的，费奇夫妇总是主观臆断人家过得不幸福，本来两代人之间就有代沟，这样一来，费奇家里更是战火纷飞，狼烟滚滚……

一次，路过教堂，迷茫的费奇情不自禁地走了进去，对着神父忏悔，诉说着自己的种种"罪行"，把自己当年怎样炒作公司市值、怎样忽悠散户和投资机构、怎样割韭菜以及童年时代的坏事全部和盘托出。为了自己的孩子辛苦一生，赚得大笔财富，最终却惨遭白眼，费奇内心又酸又痛。"作恶多端"的费奇最后感叹，出来混终究是要还的！

忏悔后的费奇心情好了很多，心态也平和了很多，就这样费奇成了虔诚的基督徒。他嘱托我一定要把他的故事写出来……

值得欣慰的是，费奇的洋姑爷对中国文化十分着迷，没过多久，小夫妻就一起回中国发展了。

费奇夫妇当时移民澳大利亚也是因为女儿在澳大利亚读大学，毕业后又留下来工作，所以才放弃国内的一切来到澳大利亚全家团聚，现在女儿和姑爷都回中国发展，他们老两口待在澳大利亚也没太大意义了。

虽然费奇夫妇跟女儿女婿不和，但他们还是想在女儿身边不远处守望着，所以他们也想跟着回国，可怜天下父母心！

有时候想想，人生简直就是一场骗局，折腾了一大圈又回到原点上。当年

▲ 秋天的墨尔本

费奇夫妇大费周章才移民来了澳大利亚，现在却又要回到国内。老两口说，等将来女儿回澳大利亚发展了，他们再回来。费奇说这话的时候不太坚决，也许他们以后会来澳大利亚度度假，但可能不会真的在这里养老了。

在机场送别费奇时，他信誓旦旦地说："我还会再回来的！"让人想起了灰太狼。

送走费奇的那天晚上，朋友发来微信询问怎样能移民到澳大利亚。我说你先评估下自己是否适合移民再做打算吧！

很多事情，兜兜转转之后又回到了原点，出来混终究是要还的！

热情善良的墨尔本人

墨尔本人的热情善良程度简直超出人的想象。墨尔本之所以连续多年被评为全球最宜居城市之一,不仅是因为气候环境的原因,当地的人文环境也是一个重要原因。

由于我们不喜欢割草机的噪声,所以一直没有买割草机,屋前草坪都已经快成生态植物园了,各种奇花异草在澳大利亚温暖湿润的气候下肆无忌惮地生长着。据说,住户一直放任自家草坪自生自灭而不打理会被市政罚款的,澳大利亚的罚款简直是触目惊心。

终于有一天,草儿已经长得快有小腿高了,可能离罚款也不太远了,我只好搬了个小板凳,拿着剪刀一根一根地剪起草来。愚公靠着坚强意志都能移山,我用一把小剪刀对付草坪应该是绰绰有余的。

就这样,我坐着小板凳,一根一根地剪着草,那场面相当滑稽。几十分钟过后才剪了一小片儿,那边人家当地人都是推着一个割草机器,嗡嗡嗡地一阵噪音过后,草坪整整齐齐,井然有序。这边我一个人汗流浃背一根草一根草地剪着,还累得腰酸背疼的。剪着剪着,我手一下子抽筋了。人生最大的幸福莫过于"睡觉睡到自然醒,数钱数到手抽筋",而我呢?手倒是抽筋了,但钱没数着,而是剪草剪的。

看来我还是比较适合数钱,不太适合干粗活……

我把剪刀一扔,不干了,坐在客厅里喝着比矿泉水还便宜的牛奶,看着澳大利亚电视剧。在澳大利亚,享受生活比劳动更重要。

吃过午饭,我们全家去逛街,一直到黄昏才回家,早已把草坪忘到了九霄

云外，眼不见为净。

到家之后，突然感觉门前有点不一样，仔细一看，不知道哪位善良的邻居居然悄悄地把我家的草坪给修剪了。只见草坪整整齐齐，焕然一新。我的天啊！这简直就是个奇迹。

哪位邻居这么好，真是活雷锋。不过美中不足的是邻居不认识韭菜，在修剪草坪时居然把我家门前的韭菜也当成杂草一起修剪了。

我们一直在猜测，会是哪位善良的邻居呢？

会不会是马路对面住着的那对年轻人？我曾经一度怀疑那两位男子不太正常，两个大男人住在一栋房子里是非常奇葩的。一个人在非常悠闲的生活状态下极易产生八卦的小火苗，在一次看似很自然的交谈过后，我才知道人家是父子关系，不过在澳大利亚超过18岁还跟父母住在一起的年轻人比较罕见。

也许是社区拐角处的那位单身汉？每次路过他家，都看到他门前的花草打理得井井有条。透过客厅看到后院，也是春色满园。单身汉又壮又帅，我曾经一度琢磨着把那些托我物色澳大利亚合适单身汉的国内单身大龄女生"推销"给他，但随后发现有单身女郎隔三岔五来找这位单身汉，我还是省省心吧。

后来一直没有问出来到底是哪位邻居做的好事儿，再后来我想出了一个主意，在我家门前草坪上挂出这样一个牌子，上写"彩色饺子换修剪草坪"。我们做了很多五彩饺子送给邻居们分享，自此我家草坪总会有人帮忙给顺道打理了。

爱是会传递的，我们也热情地帮助需要帮助的人。社区拐角处住着一对行动不便的老夫妇，我们会主动帮他们把三个垃圾桶推到马路边等着垃圾收集车路过收垃圾。

文化氛围非常重要，在互助友爱的环境中，人人都会变得善良有耐心，自发地帮助别人，而不求任何回报。

华人同胞们还是相当有智慧的，有些华人家庭会在家门前铺上假草坪，这样既不用打理草坪，也不用担心被市政罚款。一次，我与岳父一起去华人区办事，路过一户华人家庭，仔细一看就知道门前铺的是假草坪，但岳父眼神不太好，情不自禁地跟那家主人打招呼并赞叹着人家的草坪修剪得好，还十分认真地要跟人家交流并学习是怎样修剪草坪的。那家主人的脸上泛起一阵阵红晕。

不过，剪剪花草、修剪草坪也是一种休闲方式。

我们生完小平果后，一家人围着小宝宝团团转，忙得不可开交。在澳大利亚，年轻父母基本上都是自己照顾小宝宝，老人们不会搬来跟子女长住，更不会长期帮子女带孩子。在这种大环境下，澳大利亚的年轻父母都会主动承担起独自带孩子的责任。澳大利亚的女生本来就很独立，生完孩子后也能独当一面，澳大利亚的年轻爸爸会主动帮助妻子照顾孩子，给孩子喂奶、换尿布、陪孩子玩等。在休闲娱乐场所，经常能看到年轻父母独自带着自己的几个孩子，几乎看不到有老人帮着一起带的。

在查德斯顿购物中心，我曾看到一位年轻妈妈带着自己的五个女儿，最大的八岁，最小的一岁多，坐在婴儿车里。商场里人来人往，妈妈推着婴儿车，五个小姑娘围在妈妈的旁边，没有吵闹，没有乱跑，非常懂事。妈妈就这样一边照顾着五个女儿，一边悠然自得地逛商场，简直太不可思议了。

澳大利亚人口稀少，全国人口仅有2500万人，和北京市的人口差不多。澳大利亚的羊数量居然都是人口的三倍多，天啊，这个数字听起来多么滑稽！名副其实是骑在羊背上的国家。

由于人口稀少、劳动力严重缺乏、经济发展缓慢，澳大利亚不得不面临人口老龄化问题。前财政部部长卡斯特罗曾在一所女子学校演讲时极力鼓励女生以后要为澳大利亚多生孩子，他说："你们应该生三个孩子，一个为自己生，一个为丈夫生，一个为国家生。"国家也跟着出台生育鼓励政策，生一个孩子奖励3000澳元，后来增加到5000澳元，再后来把生育奖励金改为每周给小孩子发放牛奶金，直到18岁。如果生到第三个孩子，国家给予的福利上升一个标准，发放的福利够一家人生活的，分分钟排除多生孩子的经济压力和后顾之忧。

澳大利亚在鼓励国民生育问题上十分豪迈。尽管生，越多越好，钱不是问题！前财政部部长卡斯特罗甚至在记者发布会上号召现场的记者们："今晚你们回家后，就开始好好尽一下爱国义务吧，新闻稿可以先放一放，不着急！"生孩子再次上升到一个新的高度，生孩子已经不单单是个人家庭问题了，而是一种爱国行为。

同时澳大利亚在引入新移民方面也不甘示弱，据大数据统计，墨尔本的人口以平均每周上千个新移民的速度增长，澳大利亚的人口增长率是发达国家平均水平的两倍多。当然，每周也有大批大批的移民因适应不了澳大利亚的生活而选择离开。

这就是为何我们会在查德斯顿购物中心能看到一位妈妈独自带五个孩子。在澳大利亚，一个家庭有三四个孩子的情况十分常见。

澳大利亚的年轻父母不会因照顾孩子而迷失自我，他们再忙再累也会抽出时间建设自己的爱情。他们一般隔几天就会把孩子送到父母家或专门照顾孩子的阿姨家里一个下午，有时把父母或者阿姨请到家里来照顾孩子几个小时，夫妻二

▼ 一位妈妈独自一人带着五个女儿，悠然自得地逛商场

人会享受一下二人世界的美妙时光：看看书，喝杯咖啡或者去看场浪漫电影。澳大利亚人相当会享受生活，这点很让人欣赏和赞同。

我们生完小平果后也是忙得团团转，不过好在我们有岳母帮忙。每个周末，我和塞布瑞娜都会抽出一定时间出去建设一下爱情。

一天晚上，我们把小平果哄睡后，岳母在家里照顾小宝宝，我和塞布瑞娜去看电影。

那是一个风雨交加寒冷的夜晚，我们驱车去查德斯顿购物中心的电影院，享受二人世界。虽然我平时心细如发，但那晚上我停车之后却忘了关闭车灯。看完电影出来，已经是晚上10点多，我们发现有位金发女郎斜靠在我们的车旁。

还没等我们开口打招呼，她先说道："刚才我停车时看到你们忘关车灯了，我去逛超市买完东西回来看到你们的车灯越来越微弱，猜测电瓶的电量可能不足了，等你们回来开车时肯定发动不起来，所以我一直在这里等着，这样我可以帮你们充点电。"

听完，我们简直不敢相信自己的耳朵，只感到一股暖流瞬间涌入心里。

我们试着发动车，电瓶果然没电了，根本发动不起来。金发女郎从她的车后备厢里拿出两根电缆线，把她车上的电瓶连接到我们的车上，然后她把她的车发动起来，给我们的车充电。

此时此刻，我们已经被感动得一塌糊涂。

一阵寒风吹过，我们一点也没感觉到寒冷，相反心里一直暖暖的。

充电几分钟后我们发现车还是启动不了，我们三人探讨到底哪里出了问题。这时，一位路过的金发男士听到我们的议论凑了过来，说电缆的负极连接的位置不对，并帮我们连接负极，又充了一会儿电，车立刻发动了起来。

虽然是很小的一件事，但千言万语也难以表达我们的感激之情，在日常生活中，我们很容易就被当地人的热情善良所感动，澳大利亚人总是发自内心地主动帮助别人。

起跑线

在私立学校坎伯威尔文法学校开放日,我们带上小平果去参观他未来要就读的学校。虽然小平果才一岁多,离上学还很遥远,但在墨尔本,好的私立学校入学竞争相当激烈,小朋友一出生就得开始排队了。

电影《起跑线》讲述了一对中产阶级夫妇为了让孩子从小能获得最好的教育、走上人生巅峰而绞尽脑汁择校的故事,看完使我非常感慨。

据澳大利亚当地新闻报道,每年一月初的一个周末,布里斯班最知名的一所学校门口都会出现一幅奇异画面,一排帐篷驻扎在学校门口,一扎就是两天,原来这些帐篷里住的都是想为孩子报名入学在排队的家长们,看来全球的父母都一样,纵使知道人生是场马拉松,但还是不愿让孩子输在起跑线上!

澳大利亚的学校分为公立和私立,公立学校免学费,学生只需要交纳学杂费。私立学校每年学费在四万澳元左右,尽管如此,在墨尔本注重孩子教育的父母还是希望自己的孩子去上私立学校。因为公立学校教育十分宽松,基本上是放羊式的管理,学生们下午三点就放学了,孩子们在快乐的玩耍中度过了自己的童年、初中和高中时代,让注重教育的父母们十分担忧。不过公立学校里也会设立精英班,学生们需要用功学习才能考入。在墨尔本,公立学校里的精英班几乎全是中国同胞。华人孩子最聪明,最擅长考试,所以很多当地人把精英班叫作中国班,平时上课只需说普通话即可。

公立学校由政府统一投资建立,由州政府教育局统一管理,由于受制于政府教育拨款的限制,硬件设施远不及私立学校那么好,所以公立学校看起来又小又破旧。另外,公立学校入学时还有学区限制,一般只招收本社区住户的孩子,如果有多余名额才会考虑来自外区的孩子。你只要住在要入读那所学校的社区即可，即使是租的房子也可以。学校在审核时只看房产证或租房合同。

私立学校多由教会、企业和私人建立，教学质量水平普遍较高。私立学校校规严格、环境安全、设施齐备，除了关注学生们的文化课成绩，还着重培养学生品行、仪表和言谈举止。私立学校出来的男生普遍彬彬有礼且颇具绅士风度，女生则温文尔雅，这一点在坎伯威尔文法学校随便找个在校生交流就能明显感觉出来。同时，私立学校也十分注重开阔学生们的眼界，每年会组织学生去世界各地旅行、交流。例如，每年夏令营会组织去中国爬长城、去瑞士滑雪、去亚马孙森林看巫师作法。所以在墨尔本，中产阶级以上的家庭还是会挤破头把自己的孩子送进排名靠前的几所顶尖私立学校。

也有个别公立学校在学生的综合评估中好于个别私立学校，这个并不是绝对的。

有种非常幼稚的说法，在私立学校孩子的确能享受到精英教学的氛围还有五彩缤纷的校园活动，去公立学校后省下的钱也可以让孩子享受同等的待遇，比如一对一的家教辅导，出国旅行或者兴趣课程。简而言之，去公立学校省下来的学费可以完全复制私立学校的优势。这种说法不成立的原因在于忽略了教育背后的软环境，那就是私立学校相当诱人的社交圈及人脉圈。

在教育问题上，流行着这样一种说法，就是学校给孩子提供的不仅仅是一个教育机会，而是一个人脉圈。从世界名校出来的学生，基本上人生和事业都不会太差，毕竟都在一个所谓的荣誉人脉生态圈中。学生通过这些学校，从而进入这个圈子，认识圈子里的人脉；圈子里出来的毕业生们在事业上互相扶持，更容易获得成功。高素质、高层次的群体组成的圈子会互相帮衬，最终成就了彼此。

据权威教育机构的调查显示，私立学校的学生比公立学校的学生更加严于律己，在长大之后一般会发展得更好。究其原因，一方面是他们整体受教育程度更高，另一方面也得益于他们所出身的家庭来自社会的较高阶层。

私立学校在教学方面更加严谨，翻开坎伯威尔文法学校的小学课程表，小学生要学习的课程繁多，包括数学、英语、中文、西班牙语、德语、科学、历史、地理、音乐、戏剧、艺术、网球、跆拳道、体操、游泳、击剑、高尔夫球、陶艺等十余种科目。看到这个课程表让我激动不已，这些课程都是我喜欢的，可惜我已经是成年人了！

很多人错误地认为澳大利亚更注重快乐教育，贵族私立学校要比传统学校课业压力小，这简直是谬论。私立学校的课业压力相当繁重，因为学校要求学生全面发展。国内很多家长在看到自己的孩子每晚总有做不完的作业时便会十分不切实际地感慨，澳大利亚的小学生多么幸福啊，澳大利亚奉行快乐教育！实际上澳大利亚的学生也很辛苦，只不过澳大利亚更加注重全面素质教育。

虽然墨尔本私立学校的学费价格不菲，但大家还是挤破头皮把自己的孩子送进去。越是有经济实力的家庭，家长们对孩子的要求可能就越高。经济条件是优质教育的敲门砖，教育也是一种资源，遵循着等价交换和优势富集的规律。读私立学校的学生们家庭条件普遍较好，父母对孩子的要求也比较严格，小孩子的综合素质普遍偏高，这样的一群孩子在一起互相影响，互相受益。

坎伯威尔文法学校的入学要求，不仅小学生要参加面试，父母也得一同参加面试，学校要考核家长们的经济实力（看你家是否居住在富人区等）、文化底蕴、综合素质等各个方面以确保未来学生们的社交圈、人脉圈是高质量的。在校方看来，原生家庭对孩子的未来有着深远影响，家长的眼界直接影响着孩子的未来格局，所以家长有钱没文化也是无法给孩子拿到入学资格的。

穿梭于坎伯威尔文法学校漂亮的校园内，跟老师和学生们交流着，那些小学生、初中生、高中生个个彬彬有礼，谈吐不凡，自信乐观。这所学校的音乐、中文等都是特色学科，我已经开始羡慕我们家的两个孩子了。

我不曾拥有过童年，学生时代十分灰暗，记忆中除了学习就是学习，起早贪黑，最终还是学得一塌糊涂。我在学生时代非常热爱音乐，但遗憾的是我连一节音乐课也不曾上过，因为根本没有机会上。那个时代一切以学习为重，虽然音乐课会出现在课程表上，但基本都被语文、数学课霸占了。童年时代别说钢琴了，就连一架简易电子琴也不曾拥有过，那个年代一切跟学习无关的东西都得被消灭掉。为了学习，一切兴趣爱好都得牺牲掉，一场考试往往决定你一生的命运。小时候听得最多的教导就是，先把兴趣爱好放一边，等考上大学了再说。快乐是有时效性的，小时候喜欢音乐，能从弹琴中获得快乐，现在成年了，虽然也有大把时间，但早已时过境迁，再也没有弹琴那种闲情逸致了。我的记忆是断层的，童年及学生时代是空白，因为从来没有发生过任何趣事值得回忆。

曾经看过一部英国系列纪录片，名字叫"人生七年"。这部纪录片耗时56年取材、拍摄、制作，截至目前共有八部，记录了英国14位孩子的成长历程，道尽人生残酷真相。

这14个孩子来自不同阶层，他们有的家境优越，有的出身贫寒，从1964年开始，7岁，14岁，28岁……一直到56岁，我们在屏幕上可以看到他们大半生的人生轨迹。

岁月流逝，沧桑变化，现实是最残酷的。通过纪录片我们发现阶层的壁垒的确存在，家庭环境对孩子的未来影响巨大。这14位被选中的孩子来自英国不同阶层，在节目一开始导演就做出了预测，每个孩子的社会阶层将决定他们的未来。人们已经意识到原生家庭对孩子的差异化影响，家长的眼界影响着孩子的未来格局，影响着孩子对于未来的想象，并在之后持续影响他们的选择。

经过长达半个世纪的跟踪拍摄，发现在这14个人中，大多数孩子的人生轨迹就如同导演在一开始所预测的那样发展。当他们56岁时，上层社会的那几个孩子按照好中学、好大学、好工作的既定路线发展，过着上层社会的优越生活，家庭幸福。中产阶级的孩子们最后发展得也不错，过着稳定、恬静的生活。那几个来自社会底层的孩子年老之后成了一堆孩子的爷爷奶奶，而他们的孩子极少去读大学，从事的基本都是底层的服务工作，常与失业相伴。

▲ 为了表示尊重，老师跪着与学生交流，目的是平视学生

上层社会的家庭给予子女们更多的人生引导，父母的眼界、格局、能力和人脉，直接影响了这些孩子的人生轨迹。上层社会家庭的孩子从小就开始阅读《金融时报》，而一般阶层家庭的孩子还在无忧无虑地玩耍……

不过这14位孩子中有一位通过自己的努力勤奋学习，最终成为知识精英，成功地实现了阶层的跨越。教育是家庭送给孩子最好的礼物！

之前微信圈里流行着一篇文章，大意是家长陪伴孩子写作业，愈发感觉孩子不如自己当年那么聪明，最后硬是被孩子气得心梗。我一直以为这篇文章在夸大事实，后来发现这种情况居然真的存在……

面对孩子的教育问题，家长们普遍十分焦虑。家长们都把赌注押在了小孩的教育上，为的就是让他们有朝一日能爬上金字塔的顶端。

在这个竞争激烈的环境下，未来从来就不是孩子自己努力就可以达到的事情。成功人士之所以能够成功，靠的不仅仅是奋斗和努力。父母的智商、情商、养育认知、优质的人脉关系、眼界格局、思维方式和性格心态，都远比金钱在更深刻地影响着孩子，并悄悄地完成财富的传承。一个家庭能给孩子的人生理想、自由发展提供多大的支撑，在一定意义上决定着这个孩子的人生方向。

实际上父母才是孩子真正的起跑线，父母要时刻跟孩子一起努力提高自己。虽然努力不一定能逆袭，但不努力一定没有机会。让孩子明白，必须勇敢、坚强，获得强大的生存能力，才能实现自己的梦想。

我要跟我的两个孩子一起学习、一起进步、一起成长，把曾经失去的童年找回来！

我心安然是幸福

澳大利亚人跟我们有着完全不一样的家庭观念,而且越是富有的澳大利亚人,越是注重家庭。

有段时间为了把武术再捡起来,我每天早上都去社区旁边的森林里练习一阵子。

好久没有练习武术了,有点生疏,再加上我的武术功底本来就不扎实,如今锈迹斑斑。左单拍脚时,我连脚都快够不着了,搂手推掌时,差点把腰给扭了,马步还没坚持几秒钟腿就酸了。

社区里很安静,本来也可以在自家房前练习的。但我那武术功底,也就是个三脚猫的水平,当初学习武术仅仅为了强身健体,并不是什么真功夫。一招一式,表面上看着有模有样,实际上都是花架子。在自家门前耍功夫,万一被懂行的人看见了,岂不是要被耻笑。再说,澳大利亚人本来对武术就很好奇,如果看见我在门口练功,还不都来围观了,多尴尬啊!

人贵在有自知之明,所以我还是悄悄地躲在社区旁边的森林里练习比较靠谱。森林里植被茂密,我找到一小块空地,伴随着音乐,自娱自乐地练习着,不被打搅,很快便进入佳境。我闭着眼睛打拳,陶醉在自己的一招一式中。

"哇,好厉害啊!"突然从树林里跳出一个身材魁梧的当地男子。

"吓死人了!"我被他吓了一跳,顿时怒火中烧,冲他吼了起来。

"抱歉,抱歉。"他急忙说道。

我这才把他从头到脚仔仔细细打量了一番。

只见这是一位肌肉发达的中年男子,猜不出来他的真实年龄,澳大利亚当地人普遍显老。他身上穿着单薄的T恤，隆起的肌肉像一块块坚硬的石头，一看就是喜欢健身运动的肌肉男。

他自我介绍说他叫福里斯特，也住在这个社区。

"你刚才练习的是中国武术吗？"福里斯特好奇地问道。

"那当然了！"我很自豪地答道，在他跟前，我肯定会十分自信地以武术大师自居。

"你刚才前半个小时打的应该是太极拳，我对中国武术还是比较有研究的，后来你打的是什么拳啊？"

"少林拳！"我脱口而出。

"能不能用来打人？"福里斯特一脸的好奇。

"当然可以打人了，但我们练习武术的目的是为了强身健体，练出匀称、健美的体形，提高身体的灵活性、平衡性和协调能力。没人会为了打人而学习武术。"我解释道，同时感觉这个老外可真逗。

"我特别喜欢中国武术，你能不能教我？"福里斯特忽闪着他的大眼睛，一副求知欲满满的样子。

"哈哈，根据我们中国武术界行规，拜师是要磕头的。而且一朝为师，终身为父！"我笑嘻嘻地说。

"啊？"尴尬在福里斯特脸上荡漾开来。

"我是开玩笑的，我武术水平一般，身手不敏捷，拳技也十分平庸，担心你跟着我学不到东西。"我说道。

"没关系，你刚才打的那套拳已经非常棒了。"福里斯特一边兴高采烈地说着，一边比画着刚才我耍的那套拳。

盛情难却，我就勉强答应教福里斯特，但前提条件是他去警察局开张无犯罪记录证明，我可不想他学会武术后去危害社会。

就这样，我收了个体格比我还健壮的徒弟。一周学习两次，每次我们都躲

在森林里的那块空地上。

当一个人的底气不足时,需要借助于外部的包装来武装自己,而我深知自己的武术水平仅仅就是个三脚猫的水平,所以我们需要靠穿着一身的功夫衫来掩盖一下。

又过了段时间,福里斯特的表弟史丹利也跟着我学习起来了。我就带着这两个徒弟练习武术,渐渐感觉自己在武术方面的价值得到了极大的体现和发挥,虚荣心也得到了极大的满足。

虚荣心是个害死人的东西,应该快快摒弃掉。但著名作家苏岑曾说过:"虚荣心,都说它是坏东西,该尽快丢掉。实则,一点虚荣心都没有的人,不太可能成功。"据说,适量的虚荣心是人类社会发展、经济增长的启动剂。正是有了虚荣心,人类为了满足自己的欲望,才会加倍生产与消费,促进文明的进步。任何人都会多多少少有点虚荣心,都希望从他人那里获得肯定,赢得尊重,做一个有存在感的人。

所以对于我们普通人来说,偶尔有点虚荣心还是可以的,我终于为我的虚荣心找到了合理存在的理由。

于是,我深深陷入福里斯特和史丹利这两位徒弟的鲜花和掌声中无法自拔,同时又有著名作家的名言作为坚强后盾,虚荣心日渐膨胀,一时间居然有些得意忘形。我的胆子越来越大,不切实际地教他俩一些高难度动作,诸如劈腿、野马分鬃、猛虎伏桩、左揽雀尾等。只听"咔嚓"一声,我把腰给扭了,顾不上疼痛,我大喊道:"不要叫救护车,我躺几天就好了!"

都是虚荣心过火惹的祸!

腰恢复之后,我就简单地教他们打打太极拳和武术拳操,动作简单好模仿,他俩学得十分认真刻苦。

一段时间下来,他俩已经会打太极拳了,也把武术拳操的几十个招式学会了,打起拳来有模有样的,参加表演绝对不成问题。

见他俩得意忘形,我便适时地给他们泼泼冷水:"你们学的这点武术仅仅是个皮毛,就好比我们学英语只学了26个字母而已。对于武术来说,心法最难学。"

"心法是什么东西?"他俩一脸蒙圈。

"只可意会不可言传,这个得在你们以后的习武过程中慢慢去体会和琢磨。中国武术博大精深,其中蕴含着丰富的哲学道理,我们需要在不断的学习和练习中去体会武术的精髓,更深刻地领会到中国传统思想的知识和灵魂。武术能磨炼一个人坚韧不拔、积极向上的品质,从而达到临危不乱的境界。"我故弄玄虚地说了一大堆。

渐渐地我对福里斯特的生活越来越了解,同时也越来越好奇。因为他总是无所事事,有很多时间学习武术,而且我们交流时从未听到他谈起过工作的事。

"你从事什么工作啊?感觉你很悠闲,以至于让我情不自禁地问起你的职业来了。"我好奇地问他。虽然我知道澳大利亚人不习惯别人问他的职业。

"我原来是矿业方面的工程师,需要去珀斯工作,但我的妻子和孩子们都在墨尔本,他们不愿意去。因为如果去了珀斯,我的孩子们需要转学,改变现在的生活方式,所以我就辞职了。"福里斯特很平静地说道。

"矿业工程师,那收入应该相当不错,但矿业公司大多在珀斯,去珀斯工作很正常啊,你家人不愿意去,你可以周一到周五在珀斯工作,周五晚上飞回墨尔本啊!"我有点不解了。

"但这样跟家人相处的时间就少了很多啊。"福里斯特说。

澳大利亚人非常注重家庭,不会为了事业而牺牲跟家人相伴的机会,这点跟我们中国人恰恰相反。在我们中国人的价值观里,离别是施展宏图大志的开始,不敢离别,是懦弱的表现。

"你在珀斯的公司收入大概会有多少?"我八卦的小火苗又蹿了出来。

"这个问题是不是比较隐私?可不可以不回答呢?"福里斯特面露难色

地说。

"拜托，现在我是你师父，你是我徒弟，师父是出于关心爱护自己的徒弟所以才会问你这种问题的，并不是真的想刺探你的隐私。再说，你现在在学习中国武术，了解中国文化，我们应该遵循中国的风俗习惯。在中国传统文化中，师父问徒弟的问题徒弟是不能拒绝回答的。如若不是师徒关系，你爱说我还不爱听呢！"说这话的时候，我故意把脸扭向湛蓝的天空，并装出一脸的严肃和不高兴。

"好吧，100多万澳元，我辞职时已经是CEO了，而且年底还会有一部分股票分红。"福里斯特平静地说，一点也不觉得放弃这些有什么值得可惜的。

"我的天啊，你脑袋是不是被驴踢了？"我脱口而出。

"啊？脑袋怎么会被驴踢到呢？那会不会很疼？"福里斯特不解地问。

"噢，那是个比喻。那已经是500多万人民币的基本年薪了，再加上澳大利亚矿业这几年如火如荼地蓬勃发展，年底股权分红不会太少。换成在中国，是没有人愿意放弃这个工作而回家天天陪着老婆孩子的。"我笑嘻嘻地说。

"这个我知道，我们在珀斯的公司有很多中国工人，他们一年仅回国一次，每次在中国待十几天，这是他们常态化的工作生活方式，在我们澳大利亚人看来是无法接受的。如果我们去其他地方工作，都会带着老婆孩子一起去，假如他们不愿意去，我们就只好放弃这份工作，所以在这方面我特别不能理解你们中国人。"福里斯特说。

"不是我们不重视家庭，而是为了挣钱、为了生存的无奈之举，谁不愿意过好生活呢？如果经济受限，哪有资本去任性。"我解释道，"另外，我们中国人普遍都求上进，非常勤奋，充满斗志，因为我们是在比较激烈的竞争环境下成长起来的，在这种残酷的环境下，你得一直保持斗志，保持着前进的动力。"

"在中国的文化背景下，你们过得很累，总有操不完的心。孩子小的时候，你们得操心教育问题，大学毕业后你们又操心找工作问题，之后还得操心给孩子买房，操心孩子的婚事。孩子结完婚生完小孩，你们又开始操心给孩子带孩子。你们挣钱永远都是给下一代花，但下一代还会有下一代，你们挣钱到底是给哪一代花呢？在澳大利亚，中国人基本都比我们当地人有钱，但我们一点也不羡慕你们的生活。在我们看来，中国人总有操不完的心、受不完的累，你们的追求永远在未来，循环往复。这样的结果就是，无暇顾及和感受当下的自己、当下的生活。当自己老去后，蓦然回首却发现一辈子没有一天是为自己过的……"福里斯特说。

"你怎么知道中国人是这种状况的？"我比较惊讶于福里斯特如此了解中国文化。

"我对中国文化很感兴趣，一直在研究中国的方方面面，我之前的很多同事都是中国人，而且我现在又在跟你学习武术啊。"福里斯特说。

"国情不同，人们的想法和追求自然不同。你说的那种情况是中国老一代的观念了，我们年青一代的想法和思维完全不同，还是很会享受生活的！"我说道。

相比之下，澳大利亚人的确比我们活得更洒脱。他们的人生经历大多是这样的：10岁前，基本上在忙着亲近大自然，参加各种集体活动，不用担心参加各种辅导班；10岁到20岁，自由地追梦和谈恋爱阶段，他们不用担心天天学习，应付决定命运的考试；20岁到30岁，找份平凡而稳定的工作；30岁到40岁，发现自己的兴趣和追求，开始结婚生孩子，享受有房有车有家庭的美好生活；40岁到60岁，开始在工作之余度长假放松心情，不用为了孩子而省吃俭用，更不用攒钱为孩子买房买车；60岁以后，享受退休的悠闲生活，到处旅游，不用忙着带孙子。

澳大利亚当地报纸《先驱太阳报》（*Herald Sun*）曾做过调查。第一个问题：你觉得在生活中最有价值的是什么？86%的澳大利亚人觉得是家庭关系，仅有10%的人觉得是工作。第二个问题是你最尊敬的人是谁？排名第一的是家庭成员。由此可见，澳大利亚人的家庭观念是非常强的。

澳大利亚男人普遍比较顾家，平时在社区里散步，总能看到家庭中的男士在修剪草坪、整理车库、修房子、帮助妻子照顾孩子，几乎没有做甩手掌柜的。

2017年1月，新南威尔士州州长迈克·贝尔德在社交媒体上突然宣布退出政坛，结束十年的政治生涯，原因之一就是家人的健康状况。在记者招待会上，他提到自己的家人："我的父母还有姐姐正在经受非常严峻的健康问题。说实话，对于没能花更多时间与他们在一起，我感到很难过。我的太太卡伦是我的生命支柱，一路走来她一直非常支持我，我很爱她。同时，我也希望多陪陪自己的孩子们——教儿子路克踢球，帮助女儿凯特完成高考，也想参加大女儿劳拉的婚礼。"

维多利亚州州长贝克斯之所以宣布辞职，一个重要的原因是他要回家当个好爸爸。

当年陆克文在周六竞选成为澳大利亚总理后，在接下来的周一照样亲自开车送孩子去上学，就任后的第一个圣诞节，老婆动手术住医院，陆克文全程陪伴左右。

在澳大利亚人的价值观里，好男人最基本的标准就是爱家顾家，无论是总理还是州长，在澳大利亚民众眼里，首先得是一个好男人。如果一个政治家连自己的家庭都不热爱，对家庭不负责任，那么谁会相信他会对人民负责，对社会负责呢？

在澳大利亚，对商界的好男人的评价标准也是一样的。那些不顾家庭、废寝忘食、全身心扑在工作上的老板和高管们不是大家赞美的对象。

在澳大利亚，任何知名人士都明白一个道理：如果你鼓吹为了工作事业而对不起家庭、孩子，不但不会让人同情，反而会惨遭谴责，甚至身败名裂。

澳大利亚的男人如此，女人自然是幸福的。

很多人批评澳大利亚是个经济发展非常缓慢，人民没有斗志的国家。实际上现在澳大利亚的社会经济发展节奏正好，既不快也不慢，如果太快，就会失去澳大利亚文化独有的韵味。

▲ 笑容灿烂的墨尔本女孩儿们

"其实澳大利亚人也是很努力也很勤奋的，每天早晨六点，高速路就开始堵车了。之前美国《福布斯》杂志为经济合作与发展组织（OECD）所做的一项'最勤奋的国家'评比揭晓，澳大利亚竟然榜上有名，排在第九位。"福里斯特说。

"是的，每次我打优步，遇到的出租车司机很多都是身兼数职，他们有自己的全职工作，又兼职做优步司机。"我补充说。

只不过澳大利亚人不会像日本人那么拼命，拼到猝死在工作岗位上；也不会像美国人那样具有称霸世界的野心；当然也不像我们中国人那样对物质非常看重。他们的勤奋恰到好处，适可而止。他们更重视家庭，注重生活质量，享受生活中的幸福。

真正的幸福是脱离了物质追求的心灵感受，不受地位、权势、财富的约

束,是人生大智慧的一种体现。无论身在何处,乐观向上、自信之人,自然会把人生生活成一场喜剧。

午饭过后,我和塞布瑞娜抱着小星星坐在院子里,晒着墨尔本午后温暖的阳光,慢悠悠地品着咖啡,看着小平果跟邻居小朋友们在一起嬉闹玩耍。我们聊着澳网哪个运动员又赢了,最近正在流行的电影,郊区哪里比较好玩,计划着下周全家一起去郊游……

活在当下,内心安然,享受生活中一点一滴的小幸福……

本图书由北京出版集团有限责任公司依据与京版梅尔杜蒙（北京）文化传媒有限公司协议授权出版。

This book is published by Beijing Publishing Group Co. Ltd. (BPG) under the arrangement with BPG MAIRDUMONT Media Ltd. (BPG MD).

京版梅尔杜蒙（北京）文化传媒有限公司是由中方出版单位北京出版集团有限责任公司与德方出版单位梅尔杜蒙国际控股有限公司共同设立的中外合资公司。公司致力于成为最好的旅游内容提供者，在中国市场开展了图书出版、数字信息服务和线下服务三大业务。

BPG MD is a joint venture established by Chinese publisher BPG and German publisher MAIRDUMONT GmbH & Co. KG. The company aims to be the best travel content provider in China and creates book publications, digital information and offline services for the Chinese market.

北京出版集团有限责任公司是北京市属最大的综合性出版机构，前身为1948年成立的北平大众书店。经过数十年的发展，北京出版集团现已发展成为拥有多家专业出版社、杂志社和十余家子公司的大型国有文化企业。

Beijing Publishing Group Co. Ltd. is the largest municipal publishing house in Beijing, established in 1948, formerly known as Beijing Public Bookstore. After decades of development, BPG now owns a number of book and magazine publishing houses and holds more than 10 subsidiaries of state-owned cultural enterprises.

德国梅尔杜蒙国际控股有限公司成立于1948年，致力于旅游信息服务业。这一家族式出版企业始终坚持关注新世界及文化的发现和探索。作为欧洲旅游信息服务的市场领导者，梅尔杜蒙公司提供丰富的旅游指南、地图、旅游门户网站、App应用程序以及其他相关旅游服务；拥有Marco Polo、DUMONT、Baedeker等诸多市场领先的旅游信息品牌。

MAIRDUMONT GmbH & Co. KG was founded in 1948 in Germany with the passion for travelling. Discovering the world and exploring new countries and cultures has since been the focus of the still family owned publishing group. As the market leader in Europe for travel information it offers a large portfolio of travel guides, maps, travel and mobility portals, Apps as well as other touristic services. Its market leading travel information brands include Marco Polo, DUMONT, and Baedeker.

DUMONT 是德国科隆梅尔杜蒙国际控股有限公司所有的注册商标。

DUMONT is the registered trademark of Mediengruppe DuMont Schauberg, Cologne, Germany.

杜蒙·阅途 是京版梅尔杜蒙（北京）文化传媒有限公司所有的注册商标。

杜蒙·阅途 is the registered trademark of BPG MAIRDUMONT Media Ltd. (Beijing).